JACINTHE CANET

ONE

TOME 2

JACINTHE CANET

ONE

TE RESPIRER

TOME 2

BMR

Visuel de couverture : © Fotolia

Hachette Livre, 58 rue Jean Bleuzen, 92170 Vanves.

One love
One blood
One life
You got to do what you should
One life
With each other
Sisters
Brothers

U2, *One* (1992)

Charlie, 20 ans, Sacha, 21 ans

— Sacha ?
— Oui ?
— Tu ne regrettes pas de t'être envolé avec moi ?
— Pourquoi je regretterais ?
— Je ne sais pas. Parfois j'y pense et ça me fait peur.
— On ne peut pas regretter une évidence, ma Charlie.

DE NOS JOURS...

Mes yeux sont attirés par le mur en face de moi. Impossible de m'en détacher. J'écoute inlassablement la voix de mon père qui me répète les mêmes phrases, les mêmes mots… comme un disque qui tournerait en boucle. Je me tiens debout à côté du canapé et je sens mes jambes qui commencent à lâcher. Ça ne peut pas arriver. Je dois être en train de faire un cauchemar. J'aimerais juste retourner là-bas, rattraper notre insouciance. Fixer le ciel, les nuages, et trouver un sens à des formes qui n'en ont pas.

Pouvoir simplement m'évader.

Ne pas me retrouver confrontée à cette aberration.

Je pose mon portable et prends appui sur le dos du canapé pour ne pas basculer, pour ne pas sombrer.

— Il pleut à torrents. C'est apocalyptique !

Je sens ses bras qui m'entourent. Je ne l'ai même pas entendue rentrer.

— Charlie ? Tu pleures ?

Des larmes coulent, je ne retiens plus mes sanglots. Je me blottis contre sa poitrine pour y trouver le réconfort. Mais ce n'est pas assez. Ce ne sera jamais assez. Elle n'est pas *lui*.

Mes gémissements couvrent sa voix. Elle n'est plus qu'un murmure au loin. Je n'arrive pas à me calmer. Je ferme les yeux et rêve être entourée par d'autres bras. Je me transporte dans notre repaire, notre sanctuaire. Je m'imagine auprès de lui. Je sens son corps, ses mains.

Il me parle. Me berce. M'apaise. Ma respiration se calme un peu. Mes sanglots aussi.

— Ça va mieux ?

Je n'ai pas envie de me reconnecter à la réalité. À cette réalité.

Je veux rester là-bas.

Avec lui. Dans les nuages.

Il me manque. Il me manque tellement.

J'aimerais que ce soit par intermittences, mais non.

C'est juste constant. Tout le temps. Sans répit.

2004

Sacha, 21 ans

Ça va faire dix minutes que je regarde ma tasse de café. Impossible de me réveiller. Pourtant on ne peut pas dire que j'ai fait des excès, hier. Même pas une excuse à cet état de coma avancé. Je me décide à le boire, mais je le recrache direct.

Putain, il est froid !

Au moment où je me sers un verre de jus d'orange pour m'enlever ce goût infect, une paire de jambes descend les escaliers en colimaçon, juste devant moi. Je profite du spectacle qui s'offre à mes yeux. Elle porte seulement une culotte et un tee-shirt et ça lui va très bien. Sans un mot, elle s'assied sur le tabouret de l'autre côté de l'îlot et me pique mon verre.

— Fais comme chez toi !

— Merci.

Elle n'a apparemment pas compris l'ironie, ou pire, elle a saisi mais n'en a strictement rien à foutre. Elle fait comme si je n'existais pas et je n'ai même pas la force de lui lancer une réplique cinglante.

Je rêve ou elle est maintenant en train de voler mon magazine ?

Je m'apprête à le reprendre quand Charlie descend à son tour avec son mini pyjama Bob l'Éponge. Elle se dirige direct vers la klepto avant de l'embrasser. Elle s'assied ensuite sur le deuxième tabouret et me demande, agacée :

— T'es pas venu, hier ?

J'observe mon jus, mon mag et décide de servir deux autres verres. Je fais aussi chauffer deux tasses de café et sors la brioche.

— Non, j'étais KO.

— Je vais à la douche, signale *Misssansgêne*, qui m'ignore toujours.

Charlie la regarde avec un sourire monter les marches.

— Sacha, il y a deux semaines que Marine t'a largué. Tu ne peux pas rester tous les week-ends à déprimer. Samia ne gardera pas ta place éternellement.

Je préfère changer de sujet et lui montre les escaliers.

— C'est qui ?

— Tu m'écoutes ? Non ? T'es chiant ! Et c'est Sophie… Pourquoi ? Elle te plaît ?

— T'es malade !

— Si jamais elle peut te permettre de sortir de cette phase, ne te gêne pas pour moi.

— Depuis quand tu n'as plus de principes ?

— Depuis quand tu es ennuyeux au possible ?

— Tu n'as pas envie de la revoir ?

— Je ne sais pas encore. Elle a une sorte de tic bizarre quand elle jouit. C'est assez déstabilisant. Au début, je pensais qu'elle s'étouffait, j'ai un peu paniqué. Puis non, en fait. C'était juste un orgasme.

— Et tu veux me la refiler ?

Elle se contente de me sourire et coupe la brioche.

C'est vrai que depuis que Marine m'a expliqué en long, en large et en diagonale les raisons qui faisaient qu'on ne pouvait pas être ensemble, je suis devenu une loque, une carpette errante. En fait, je pense que c'est plus le choc de la nouvelle que la situation elle-même. Je ne m'y attendais pas et j'ai pris ça comme une sorte de gifle de magnitude 10. La nénette a ruiné une relation de plus d'un an en une soirée, avec une seule phrase : « Il faut que tu choisisses entre Charlie et moi. »

Je n'ai pas dû lui donner la réponse qu'elle espérait. Je n'ai pas *pu*.

Puis, je n'ai pas aimé la façon dont elle a enchaîné : « Ce n'est pas sain, Sacha. Charlie sera toujours entre toi et la personne avec qui tu seras. »

Je me répète ça en boucle depuis quinze jours. Et si elle avait raison ? Je vais finir comme le double masculin de Mme Ragout.

— Je me rentre !

Miss Klepto vient de redescendre ; elle embrasse Charlie sensuellement et pose son numéro sur l'îlot qui nous sert aussi de bar. Charlie se lève pour la raccompagner à la porte.

Je regarde notre appart et je me dis qu'on a eu de la chance. On y vit depuis déjà deux ans. On l'a trouvé grâce à son peintre. Un duplex qui donne sur une cour. Bon, on se retrouve loin du centre-ville, mais vu le prix, on s'en tape. Juste une grande pièce en bas avec une cuisine ultra-moderne et un petit coin salon. En haut le strict minimum, une sorte de sas qui mène à nos deux chambres et à une salle de bain commune. Du coup, notre canapé se transforme aussi en lit, c'est préférable – on a souvent de la visite et il est hors de question que Ben finisse dans mon pieu.

♫

Charlie, 20 ans

Je suis en train de me battre avec les œufs en neige. Je n'ai plus de force. Pourquoi ai-je proposé à Sacha de lui faire son dessert favori pendant qu'il prenait sa douche ? Et pourquoi préfère-t-il le cheese-cake au citron au simple gâteau au yaourt ? Il a toujours eu des goûts compliqués.

Bono s'égosille les cordes vocales sur *Walk On*. J'attends impatiemment leur nouvel album qui va bientôt sortir avec, je l'espère, une tournée. Parfois, avec Sacha, on s'imagine les admirer sur scène. Ça serait le pied absolu !

Sacha se pose devant moi, un sourire en coin.

— Il s'est passé quoi, ici ?

Une odeur de gel douche envahit l'espace et ça me rappelle que je commence à sentir le renfermé.

— Je monte ces foutus œufs. Ça ne se voit pas ?

— Non. On dirait qu'il y a eu un combat et que tu as perdu.

— Tu te trompes. Je suis en train de gagner. Difficilement, mais j'y arrive.

— Si tu le dis.

Je me démène comme une acharnée devant un Sacha amusé. Je sens que j'y suis presque.

— Occupe-toi du citron au lieu de te foutre de moi.

Il se lève et je remarque ses cheveux humides. J'ai envie d'une douche.

Au bout de quinze minutes très très intensives, je montre le bol à Sacha, trop fière de moi.

— Yeah ! J'ai réussi.

— Bravo !

— Maintenant, au four. J'ai trente minutes pour me laver.

♫♫♫

Je savais que cette douche serait magistrale. Je ne dois pas non plus m'éterniser, sinon je risque d'avoir monté ces œufs pour rien. Je sens encore le parfum de Sophie sur ma peau. Je suis pratiquement sûre que je ne vais pas la rappeler. Je n'ai pas eu cette petite boule au creux du ventre qui te fait vibrer. Et quand je dis vibrer, je ne parle pas forcément d'orgasme, mais juste ressentir une émotion qui te donne envie d'aller plus loin. Il m'est arrivé d'y croire quelquefois, mais ça n'a jamais fonctionné. Sûrement par ma faute. Depuis Nadia, je n'ai plus été capable de donner ma confiance. Pourtant, deux ans se sont écoulés, mais c'est plus fort que moi. Je ne peux pas oublier la façon dont elle s'est servie de moi pour l'atteindre, *lui. Sacha.*

Je n'ai jamais réussi à trouver de nom pour le qualifier. J'ai l'impression qu'aucun mot ne serait assez fort pour définir notre relation. Elle est au-dessus de tout ça. Comme si elle planait dans le ciel, avec *nous*.

— Charlie, ça fait trente-cinq minutes, c'est normal ?

J'entends la voix de Sacha de l'autre côté de la porte. Il frappe avant de passer la tête.

— Merde !

— Ça veut dire que ce n'est pas normal, alors ?

J'attache la serviette autour de moi et le pousse pour descendre éteindre le four.

— Merde ! Merde ! Merde !

— T'as vraiment un souci avec les horaires, se marre Sacha en me suivant.

Je n'ai même pas eu le temps de sécher mes cheveux et je sens que l'eau dégouline dans mon dos.

— Tu n'aurais pas pu le retirer, toi, aussi ? Tu ne sers à rien !

— Je l'ai fait.

Je vais le tuer. Je me tourne et m'approche de lui en le menaçant.

— Tu ne pouvais pas me le dire ?

— Et louper ces deux dernières minutes ? Jamais !

— T'es un nuisible !

— Ta serviette se fait la malle.

— Et bientôt, ça sera ton joli petit sourire quand je t'aurai massacré.

Il continue de rire en reculant.

— Tu devrais plutôt monter te sécher, tu fous de l'eau partout.

J'accélère et je le coince contre le canapé où il bascule.

— Tu vas me le payer !

Je presse mes cheveux de toutes mes forces et fais couler l'eau qui reste sur lui. Il hurle.

— T'es malade ! C'est froid !

En me relevant, je lui balance, fière de moi :

— C'est le but !

— Je sais que tu adores tes seins, mais si tu pouvais éviter de me les foutre sous le nez à longueur de journée, ça m'arrangerait.

— Pauvre Sacha qui a peur d'une petite paire de nichons !

—Je te rappelle qu'elle n'est plus si petite. Tu n'as plus quinze ans.

Je réajuste ma serviette, puis je plante là Sacha avant de repartir dans la salle de bain pour finir de me sécher.

♫

Sacha

Je la regarde s'éloigner vers les escaliers, comme si de rien n'était. Comme si elle ne venait pas de se trémousser à poil devant moi. Comme si tout était normal.

C'était tellement plus simple à gérer quand, pour moi, Charlie n'avait pas de sexe. Quand je m'interdisais de la voir comme une fille. *Une femme.* Je ne me posais d'ailleurs pas la question. Malheureusement, tout a changé le jour de ses dix-huit ans lorsqu'elle m'a demandé, comme cadeau d'anniversaire, de lui faire l'amour.

Je suis quoi, moi, pour toi ?

Une évidence.

Ces mots qui ont à jamais bouleversé ma courte existence.

Je savais qu'en acceptant je prenais un risque. Le risque de tout changer entre nous. Que nos rapports ne soient plus jamais les mêmes. Et, effectivement, j'ai eu l'impression cette nuit-là de la découvrir pour la première fois… autrement… et j'ai su que je ne pourrais plus jamais la voir comme avant. J'ai essayé pendant un court moment de me convaincre et de me voiler la face.

J'ai eu tort. Ça n'a servi à rien. Alors depuis, je fais semblant.

Pour elle.

Pour nous.

Parce qu'au final, ce *nous* qu'on a du mal à définir, que les gens veulent absolument mettre dans une case, reste ma priorité. Il arrive à combler cette partie de moi qui aspire à autre chose.

Ça me suffit. *Elle* me suffit.

Elle m'a toujours suffi.

— Tu n'as pas bougé ?

Je me rends compte que Charlie est devant moi. Elle a enfilé un short en jean et un tee-shirt qui lui glisse sur l'épaule. Elle vient s'installer sur le bord du canapé en poussant mes jambes.

— J'ai pas fait attention à ton emploi du temps. T'es au garage, demain ?

— Juste l'après-midi.

— Moi, j'ai mon cours avec Sullivan et ensuite je file au *Black Out*. T'es encore au planning, tu le sais ?

— Je sais.

— Samia ne va pas t…

— Je sais.

— Tu sais, mais tu ne le fais pas.

— J'irai.

Elle me regarde et sourit.

— Bien, conclut-elle en s'installant plus confortablement.

Je pose alors mes pieds sur la table basse et Charlie vient se caler contre moi. On reste un moment dans ce silence réconfortant jusqu'à ce que je remarque l'œil en coin qu'elle me jette.

— Pourquoi tu me fixes ?

— Mince ! Je pensais être discrète.

— Charlie. Mets-toi dans le crâne que la discrétion et toi êtes à l'opposé l'une de l'autre. Alors ? Que me vaut ce regard insistant ?

— Tu ne m'as jamais vraiment expliqué pourquoi c'était fini.

— T'as une drôle de technique pour me permettre d'avancer.

— Non, mais sérieux, Sacha. C'était une affaire qui roulait, vous deux.

— Je te l'ai dit, elle s'est lassée.

— Je vais faire semblant de te croire jusqu'à ce que tu te décides de me balancer la vérité.

Qu'est-ce que je peux lui répondre ? Que Marine était jalouse d'elle, de *nous*, de notre relation, de l'intimité qu'on partage ?

Non ! C'est juste impensable.

Je connais Charlie et je sais qu'elle se serait sentie responsable, qu'elle aurait essayé d'arranger les choses. Ça n'aurait servi à rien.

Reculer pour mieux sauter. Un *putain* de saut dans le vide !

Le silence est de courte durée.

— Sacha ?

— Oui.

— Tu penses que je devrais la rappeler ?

— Miss Klepto ?

— Sophie.

— Celle qui grimace quand elle jouit ?

— Elle-même.

— Ce n'est pas à moi de te le dire. Je ne sais pas ce que tu ressens. Elle te plaît ?

— Physiquement, oui. Mais…

Je pose ma main au creux de son ventre.

— Et là ?

Elle se contente de me faire non de la tête avant de s'avachir en arrière.

— Peut-être que je devrais attendre. Peut-être que ça viendra la prochaine fois. Quand on arrivera à se connaître. Je devrais peut-être lui laisser une chance.

— Ça fait beaucoup de « peut-être ».

— Tu ferais quoi, à ma place ?

— Elle m'a piqué mon jus d'orange et mon magazine, dis-je d'un ton volontairement neutre.

Elle se tourne vers moi et me regarde bizarrement.

— Quoi ?

— Ce matin. Elle a bu mon jus.

— Elle a osé ? me lance-t-elle en souriant. Bon, tu m'as définitivement convaincue, il est hors de question que je la rappelle.

— Je crois que c'est le mieux.

Elle m'entoure de ses bras et vient poser sa tête sur mon épaule.

— Sacha ?

— Oui ?

— Tu ne regrettes pas de t'être envolé avec moi ?

Je caresse le creux de son poignet du bout des doigts.

— Pourquoi je regretterais ?

— Je ne sais pas. Parfois j'y pense, et ça me fait peur.

Je relève son menton pour la forcer à me regarder.

— On ne peut pas regretter une évidence.

♫

Charlie

— C'est encore trop approximatif, ça manque de profondeur, mademoiselle Lecœur.

Quand il arrivera à me faire un compliment, je pense que ça sera pour mon éloge funèbre.

— Et ne levez pas les yeux au ciel, j'ai horreur de ça.

Dès qu'il a le dos tourné, je m'autorise à l'observer. Il a toujours cette démarche féline qui me perturbe tant. Il évolue dans cette pièce et se déplace entre les chevalets. C'est douloureux de l'avouer, mais il avait raison. J'adore cet enseignement. C'est atypique et ça me correspond tout à fait. Là, on est à peine cinq, et c'est juste ce qui me convient.

— Ce n'est pas moi qu'il faut peindre, mais la toile.

Prise sur le fait. Je me reconcentre sur mon dessin et essaie de mieux définir les traits du visage que j'ai imaginé.

— Vous m'avez habitué à mieux que ça !

Je sens son souffle sur ma nuque. Mon crayon dérape. Il n'a pas le droit.

— Recommencez.

— Tout ?

— Vous voyez une autre façon de comprendre ce mot ?

Je préfère ne rien dire et faire ce qu'il demande. Il a le don de me pousser à bout, mais je n'ai pas envie de lui faire ce plaisir.

— Monsieur Sullivan ?

Déborah l'appelle et il la rejoint en silence, comme à son habitude. Le regard qu'elle lui lance ! J'ai l'impression qu'elle aimerait qu'il la bouffe, qu'il la gobe, même. Dans la série « je n'ai aucun filtre quant à mes intentions », je veux Deborah Rigodeau. Je me souviens du soir ou j'ai sauté sur Sullivan et de la façon désespérée dont je l'ai embrassé. Nous n'en avons plus jamais reparlé. Tant mieux. Il n'enseigne pas tous les jours, mais propose des stages dans l'année. Là, c'est la deuxième semaine d'affilée et je n'ai toujours pas craqué. Je suis assez fière de moi.

— Vous êtes trop crispée, grogne-t-il en se déplaçant derrière moi. Je vous le répète à chaque fois, plus de souplesse.

Sa main guide la mienne.

— Ne serrez pas autant.

— Je ne serre pas.

— Si, vous serrez ! Relâchez ! s'écrie-t-il, agacé.

Je retire ce que j'ai dit : je pense que je vais lui foutre mon crayon dans le pif, il verra comme je sais être relâchée. Il est contre mon dos. Je n'aime pas ça. Je me sens tendue. C'est lui, en fait, qui me crispe.

— Un souci, mademoiselle Lecœur ?

— Non, pas du tout !

— Alors vous pouvez reprendre votre respiration, me murmure-t-il à l'oreille avant de repartir de l'autre côté de la pièce.

♫♫♫

Je me dépêche, mais je suis déjà à la bourre pour mon service. Je fonce dans les vestiaires. Je ne vois pas Sacha. J'espère qu'il ne va pas me lâcher sur ce coup.

— Charlie ! T'es en retard !

Je crois que c'est la phrase la plus récurrente de ma courte vie.

— Je sais, Samia. Désolée. Mais le bus était à…

— Je ne veux pas savoir. Magne-toi !

La douceur légendaire de Samia. Elle a autant de tact que mon ancienne prof de français, Cudonnet. Une fois prête, je passe derrière le bar et découvre Sacha qui émerge du comptoir.

— Pas trop tôt !

— Aucun commentaire, s'il te plaît.

Je prends carnet, crayon, monnaie ; je suis disposée à affronter les clients.

— T'as l'air tendue. C'est Sullivan ?

Je me contente de hocher la tête.

— Tu l'as encore toute cette semaine ?

— Oui. Je ne sais pas comment je vais tenir.

— J'ai eu Ben. Il a bientôt quelques jours de vacances. Il viendra squatter.

— Tu t'es dit : Charlie est déjà au fond du trou, elle ne pourra pas tomber plus bas ?

— J'ai eu raison ?

— Non ! Je suis toujours en train de creuser.

— Charlie ! Au boulot ! crie Samia en revenant de la réserve.

— Merde ! On en reparle tout à l'heure.

Je file prendre la commande d'un groupe de cinq filles installées en terrasse. Le *Black Out* est l'un des bars les plus fréquentés de Montpellier, notamment parce qu'il propose des concerts et qu'il est idéalement situé dans une rue piétonne du centre historique, à seulement quelques pas de la place de la Comédie. C'est Samia qui l'a entièrement rénové il y a cinq ans et qui le gère d'une main de fer. Elle a réussi à allier une déco à l'esprit rock à la salle voûtée qui nous rappelle que l'on est dans un ancien couvent.

— Bonsoir ! Vous avez choisi ?

Une jolie blonde avec un magnifique sourire passe la commande.

— Oui : quatre Black Mojitos et un Monaco.

Elle a un petit côté Reese Witherspoon qui me fait tout de suite craquer.

— C'est la première fois que vous venez ici ?

— Oui. Une amie ne m'en dit que du bien, alors j'ai voulu tester.

— Bienvenue au *Black Out*, alors.

Je repars à l'intérieur et observe la scène vide au fond du bar. Samia préfère organiser les concerts les vendredis et les samedis. Je m'installe devant le comptoir et je répète la commande à Sacha qui se démène de l'autre côté.

♫

Sacha

Je prépare machinalement les cocktails et étudie avec attention le comportement de Samia. Je la sens différente. Elle a toujours été dure dans le taf, mais elle a su créer une sorte de cohésion entre les gens qui bossent pour elle. Enfin, c'est ce que je pense. Charlie, beaucoup moins. Elle se faufile derrière moi, irritée. Il ne reste que quelques minutes avant la fermeture.

Je me risque à lui poser la question :

— Ça va ?

Samia me dévisage comme si je venais de lui annoncer que Bob Dylan avait franchi la porte.

— Oui. Pourquoi ?

— Une impression.

— Occupe-toi plus de tes cocktails et moins de tes impressions. Et pendant que j'y pense, tu passeras me voir, ton service fini, me balance-t-elle avant de repartir vers son bureau.

Ce n'est pas bon signe. C'est sûrement à cause de mes absences répétées de ces dernières semaines. Je reconnais que j'ai abusé.

Charlie arrive avec un plateau de verres vides.

— Tu rêves ?

— Je ne pourrai pas rentrer tout de suite. Samia veut me voir.

— Merde !

— C'est ça.

— Je t'attends.

— Je ne sais pas combien de temps elle va me garder.

— Je ne suis pas pressée.

Je laisse Charlie gérer les dernières bricoles avant de fermer et me dirige vers l'échafaud. Je frappe et j'ouvre sans vraiment comprendre la réponse. Samia se tient debout, dos à la porte, et hurle au téléphone :

— Jamais ! Tu m'entends ? Jamais ! Cet établissement est le mien. Va te faire foutre !

Elle se retourne et me remarque. Elle tremble. Elle semble à bout. C'est la première fois que je la vois comme ça. Il y a deux ans, on était venus passer une soirée au *Black Out* avec Charlie, Ben et Zoé lorsque j'ai remarqué l'annonce pour un barman ; j'ai proposé mes services. Je me suis retrouvé en face d'une femme d'une quarantaine d'années, aux traits sévères et au regard plein de défi – et ce n'est plus du tout la même que j'ai devant moi ce soir.

— Sacha !

— Samia !

— Tout est fermé ?

— Charlie s'en occupe.

J'avance vers elle.

— T'es sûre que ça va ?

Elle s'appuie contre le rebord de son bureau. Elle tente de faire illusion.

— Je n'ai pas envie d'en parler.

— Des soucis ?

— Je viens de te dire que je ne voulais pas en parler.

Je lève les mains en signe de reddition.

— OK.

— Je ne compte plus tes absences, ces jours-ci.

— Je…

— Laisse-moi terminer ! Tu as de la chance d'être un bon élément et d'avoir Charlie comme avocate. Mais sache que c'est la dernière fois. C'est clair ?

— Très clair.

— Tu peux rentrer. Et ferme la porte !

Je ne me fais pas prier et rejoins Charlie qui finit de nettoyer.

— Alors ?

Je la prends dans les bras et embrasse son front.

— Merci.

On est toujours l'un contre l'autre quand elle m'avoue :

— J'ai craqué pour une fille, ce soir.

— Ah.

— Emma. Elle est restée en terrasse toute la soirée. C'était pour elle et ses copines, la tournée de shots que je t'ai demandée.

— Et tu penses…

— Que je lui plais ? On s'est bien entendues, après, il faut voir si ça peut fonctionner entre nous. Elle passe vendredi pour le concert de *Heart of True*.

— Que de bonnes nouvelles ! Ça, Ben…

Elle me pousse en allant ranger le balai.

— Ne me cherche pas, s'il te plaît !

— Pourquoi ça te fait peur ?

Elle revient avec nos blousons, son sac et nos casques.

— Tu te fous de moi ? Depuis que c'est terminé avec Zoé, il est insupportable.

— Laisse-lui du temps.

— Six mois, Sacha ! Entre toi qui te comportes comme si la fin du monde était proche et lui qui pense qu'il a encore seize ans, je vais finir par me mettre la tête dans le four.

— Je ne me comporte pas du tout comme si la fin était proche.

— Si !

Je lui prends des mains mon blouson et mon casque.

— Pas du tout.

Elle me sourit et m'embrasse la joue avant de sortir.

♫

Charlie

Ben arrive ce soir et il va squatter notre canapé pendant au moins une semaine. Je viens de prendre une douche, je fixe mon reflet dans le miroir et je me répète inlassablement : *Ben arrive ce soir et tout va bien se passer.*

J'adore ce type, mais depuis que Zoé a rompu avec lui, il est en totale perdition et essaie d'embarquer Sacha dans ses conneries. La dernière fois, il a invité des inconnus à l'appart – qui se sont quand même barrés pendant la nuit avec la télé.

— T'es prête ?

La tête de Sacha s'engouffre par l'ouverture de la porte.

— Presque.

— T'es pas encore habillée ? On va finir à la bourre, on prend le service dans trente minutes.

— Déjà ?

Il entre et commence à se laver les dents pendant que je tente de coiffer mes cheveux toujours humides.

— J'ai dit à Ben de nous rejoindre au *Black Out*.

— OK.

— Tu te maquilles ?

— Un souci ?

— Quand tu bosses…

— Oui, mais là j'ai envie.

— Emma ?

— Aucun commentaire, s'il te plaît !

Il ne peut pas s'empêcher de rire.

J'avoue que ce soir, je veux faire un effort. Elle m'a avertie qu'elle passerait et j'aimerais être à mon avantage.

— Magne-toi !

Un peu de mascara, une touche de gloss et je cours m'habiller. J'enfile un jean, un débardeur *Good Vibes Only* et je descends à peine dix minutes après.

— Et voilà ! Pas de quoi paniquer.

♫♫♫

Il y a un monde fou. Le groupe de ce soir y est pour quelque chose. J'ai des difficultés à me faufiler jusqu'à Sacha pour lui annoncer une commande. Quand enfin j'arrive à atteindre le bar, je le découvre en grande conversation.

— Deux Black Mojitos, une Leffe et un Coca.

Il semble nerveux. J'ai du mal à comprendre jusqu'à ce que la fille avec qui il discute se retourne. Marine. Merde ! Je ne l'ai pas vue depuis le fameux soir où elle a décidé de mettre un terme à leur relation.

— Charlie.

Elle me tend la joue et je remarque ses yeux qui brillent. Elle ne doit pas en être à son premier verre.

— Marine. Ça fait un bail.

— Quinze jours exactement !

— C'est ça.

— C'est mon anniversaire, aujourd'hui. Je suis venue avec des amies pour fêter ça.

Je lance sans grand enthousiasme :

— Joyeux anniversaire, Marine.

— Merci.

Sacha me sert la commande sans la regarder. Il est mal à l'aise. Elle débarque au mauvais moment. Lui qui commençait à ressortir la tête du trou !

Le concert commence et la foule s'agglutine autour de la scène. Marine les imite ; j'en profite pour me glisser derrière le comptoir.

— Elle veut quoi ?

— Passer une bonne soirée, je suppose.

Je lui presse la main. Et à l'instant où je relève la tête, je la remarque. Emma. Elle débarque avec ses boucles blondes et son sourire enjôleur. Ma main se crispe sur celle de Sacha.

— Emma !

Elle se penche au-dessus du comptoir pour me faire la bise.

— Je te présente Théo. Un ami. Théo, voici Charlie, la serveuse dont je t'ai parlé.

— J'ai cru comprendre, sourit le Théo.

Je continue les présentations :

— Voici Sacha.

Emma regarde Sacha avec insistance quand il lui tend la main. Ah non ! Pas moyen. Pas elle !

— On va rester au bar, m'avertit-elle.

— Pas de problème. Commande directement à Sacha. Je dois retourner en terrasse.

J'avance comme un robot jusqu'à la sortie. Une boule d'angoisse m'envahit. Je me retrouve deux ans en arrière et je ne veux pas. Je ne veux pas perdre le peu de confiance en moi que j'ai réussi à regagner ces dernières années.

♫♫♫

Les heures passent et le concert touche à sa fin. Emma et son pote n'ont pas bougé et discutent toujours avec Sacha. Marine les rejoint.

D'un coup, je sens des bras qui m'entourent et me soulèvent.

— Tu m'as manqué, Lecœur !

— Lâche-moi, Garnier ! On va se vautrer !

— Je savais que tu serais ravie de me voir.

Je ne peux m'empêcher de lui faire un grand sourire.

— Comme toujours !

Il me pose et me conduit, par l'épaule, vers le bar.

— *Elle ?* me chuchote-t-il à l'oreille.

— Elle a débarqué ce soir. C'est son anniversaire. Il est crispé.

— J'imagine. Sinon, comment il va ?

— Il allait mieux depuis quelques jours.

— Je vais lui changer les idées.

— Ben ?

— Quoi ?

— Doucement, hein.

— Fais-moi confiance.

— C'est bien ça qui m'inquiète.

— Ça va, mon pote ? lance Ben à Sacha en lui tapant dans le dos.

Je les laisse se retrouver et demande à Roxanne, l'autre barmaid, de me faire deux punchs coco.

— Ah, Charlie ! Toujours dans les pas de ce cher Sacha !

Marine me fixe d'un œil mauvais.

— Pardon ?

— C'est elle, siffle Marine à son amie, qui se contente de me toiser. C'est à cause d'elle, tout ça.

J'ai du mal à comprendre.

— T'as un souci ?

— Toi !

— Je pense que tu as un peu trop abusé de l'alcool. Tu divagues.

Elle me retient par le bras au moment où je m'écarte.

— Il ne pourra jamais être avec quelqu'un tant que tu seras dans sa vie.

J'ai l'impression de recevoir une gifle.

— Tu passeras toujours avant, me lance-t-elle, les larmes aux yeux, avant de courir vers la sortie.

— Charlie ?

Roxanne me tend la commande. Je bégaie :

— Euh… merci.

J'ai du mal à retrouver mes esprits.

Il ne pourra jamais être avec quelqu'un tant que tu seras dans sa vie.

C'est pour ça qu'elle a rompu ? Pourquoi il n'a rien dit ?

Je le regarde rire avec Ben et faire le joli cœur avec un groupe de filles. Je vais porter les commandes en terrasse et *la* vois contre un arbre, en train de s'allumer une clope. Une fois les verres servis, je m'avance vers elle.

— Je suis désolée.

— Pas autant que moi !

— C'est pour ça que…

— J'ai tout arrêté ? Oui.

— Je ne savais pas. Écoute, tu te fais des idées. Avec Sacha, ce n'est pas ce…

— Ce que je crois ? Vous êtes bien rodés tous les deux, avec vos phrases toutes faites.

— Je ne comprends pas.

— Tu ne passes pas avant tout ?

— Je t'accorde qu'on a une relation particulière, mais…

— Je lui ai demandé de choisir entre nous deux.

Quoi ? Elle a osé ?

Et s'il l'avait choisie, elle ? Je serais devenue quoi, moi ?

— Ne panique pas. Il n'a pas hésité un seul instant.

Je la regarde tirer sur sa clope comme si c'était une bouée de sauvetage.

— Pourquoi ?

— Je te l'ai dit. Tu aurais toujours été entre nous.

— Tu ne peux pas résumer comme ça.

— Tu as déjà eu une relation qui a duré ?

Depuis Nadia…

— Non.

— Et lui ?

— Toi.

— J'ai tenu un an. J'ai tenu jusqu'à ce que je réalise que je ne serais jamais toi.

— Tu n'as pas besoin de l'être.

— Votre putain de relation écrase toutes les autres. Mais merde, Charlie ! Ouvre les yeux ! Si lui porte des œillères, toi au moins, émerge ! Il n'y a de la place pour personne ! s'époumone-t-elle.

Les gens autour ont cessé de parler et commencent à nous observer.

— Je l'aime… sanglote-t-elle.

— Lui aussi.

— Ce n'est pas ça, aimer.

Des larmes se mettent à couler sur ses joues ; je suis complètement perdue.

— Marine, je…

— Laisse-moi, s'il te plaît.

— Je vais t'apporter un verre d'eau.

— Laisse-moi ! crie-t-elle de façon hystérique.

Je recule, fais demi-tour et fuis dans la réserve pour me ressaisir. Je m'assieds contre un des murs et me recroqueville. J'ai besoin de reprendre mon souffle.

♫

Sacha

On se retrouve à la maison ; je suis crevé.

— Je ne comprends pas qu'ils n'aient pas voulu finir la soirée ici, siffle Ben en se couchant sur le canapé.

— Il est plus de 2 heures ! enchaîne Charlie.

— Ce n'est pas une raison ! En tout cas la petite Emma est craquante. Quelqu'un est dessus ?

Personne ne répond.

— Sacha ?

Charlie se tourne vers moi et attend la réponse.

— Non.

— Lecœur ?

— Non.

— Alors je vais tenter ma chance. Je lui ai demandé son numéro.

— Bonne nuit.

Charlie commence à monter les escaliers sans un regard vers nous. Il va falloir qu'on se parle. Je sais qu'elle est au courant pour Marine et toute cette merde, mais elle n'est pas venue me trouver. Samia l'a cherchée un moment pendant son service jusqu'à ce que Roxanne me prévienne qu'elle était dans la réserve après une dispute avec Marine. Je ne sais pas trop ce que je vais pouvoir lui dire. J'ai retardé cette conversation, mais je ne peux plus reculer… ou alors juste un peu.

Je rejoins Ben sur le canapé et lui tends une bière.

— À nous !

— À nous !

— Elle te voulait quoi, Marine ?

— Je n'ai pas trop compris. Je suppose que je ne comprendrai jamais les femmes.

— C'est ce que je me dis constamment.

— T'as des nouvelles de Zoé ?

— Non. Et toi ?

— Moi, non, mais je sais qu'elles s'appellent souvent avec Charlie.

— Elle va bien ?

— Je crois.

— Tant mieux, soupire-t-il en fermant les yeux.

— T'y penses toujours ?

— Tous les jours… à en crever.

On reste un moment comme ça jusqu'à ce que j'entende sa respiration devenir régulière et qu'un ronflement s'échappe de sa bouche. Je l'allonge, lui enlève ses chaussures et le recouvre d'un plaid avant de monter à mon tour.

♫♫♫

Une fois propre, je remarque de la lumière sous la porte de sa chambre. Je frappe et entre. Elle est sur son lit, assise en tailleur, en train de dessiner.

— Je peux ?

Elle me sourit et je la rejoins en silence. Je reconnais *Sometimes You Can't Make It On Your Own.* Une chanson que Bono a écrite pour son père disparu.

We fight all the time
You and I… that's alright
We're the same soul
I don't need… I don't need to hear you say
That if we weren't so alike
You'd like me a whole lot more

Je m'allonge et la regarde faire. Elle est concentrée. Ses coups de crayon sont sûrs, des portraits apparaissent. Je devine le mien, une partie du sien et celui de Marine se découvre enfin. C'est sa façon d'exprimer ce qu'elle ressent. Je préférerais qu'elle me parle. Je tends ma main vers son bras pour établir un contact.

— Charlie.

Après quelques secondes d'hésitation, son visage se tourne vers moi, ses yeux sont trop brillants. Je ne veux pas.

— Pourquoi, Sacha ? Pourquoi tu ne m'as rien dit ?

Je me redresse et nos genoux se frôlent.

— Ça n'avait pas d'importance.

— Pas d'importance ? Tu te fous de moi ?

— Pas la peine de hurler !

Je sais en prononçant cette phrase que ça va la mettre hors d'elle.

— Ne t'amuse pas à ce jeu avec moi, Sacha Bourgeois. Ne me fais pas passer pour une hystérique pour ne pas répondre à ma question. Je ne suis pas une de ces filles que tu peux manipuler.

Je n'avais pas remarqué que ma main était toujours sur son poignet jusqu'à ce qu'elle la retire et qu'elle s'éloigne de son lit.

— Tu n'es pas toutes les filles.

— Mais merde ! Dans ce cas-là, réponds ! En quoi ça n'avait pas d'importance ? T'es en état végétatif depuis qu'elle t'a largué et tu oses t'imaginer que la raison ne m'intéresse pas ?

— Ce n'est pas ça.

— C'est quoi, alors ? Explique ! Je peux comprendre.

— Mais pas moi !

Je ne voulais pas crier, mais je l'ai fait. Sa colère s'atténue et son regard s'adoucit. Elle réduit l'espace qu'elle avait mis entre nous.

— Ça va faire deux semaines que je me répète cette scène. Deux semaines que j'essaie de l'analyser. Deux foutues semaines que je tente de savoir où j'ai merdé. Et rien ! J'aurais préféré qu'elle me reproche une chose que j'aurais pu contrôler.

Je sens le matelas bouger sous le poids de son corps. Elle prend mon visage entre ses mains.

— Tu n'as pas merdé.

— Et si elle avait raison ?

Je lis la panique dans ses yeux. Ses doigts tremblent sur mes joues.

— Raison sur quoi ?

— Nous.

— T'es pas sérieux ?

— Je ne sais plus.

C'est à mon tour de reculer. Je me dirige vers la fenêtre qui donne sur la cour. Il fait nuit. Dans quelques heures à peine, le jour se lèvera. Ses bras enserrent ma taille, sa tête se pose lentement contre mon dos. J'ai l'impression qu'on ne fait plus qu'un. Je me répète les paroles de Bono de tout à l'heure.

We're the same soul
I don't need… I don't need to hear you say
That if we weren't so alike
You'd like me a whole lot more

— Tu ne sais plus si tu dois la choisir, *elle* ?

Je ferme les yeux. Il n'est absolument pas question de ça. Je pivote pour lui faire face.

— Elle connaissait la réponse au moment où elle me l'a demandé.

— Elle n'avait pas le droit de te la poser.

— Elle a fait son choix.

— Alors, pourquoi ça nous perturbe autant ?

— Parce qu'elle a sans doute raison et qu'on le sait au fond de nous.

— On s'empêche d'avancer ?

— Non, mais on passera continuellement avant, l'un pour l'autre.

— Ça a toujours été comme ça.

— Je sais bien.

— Tu veux changer ça ?

— Ce n'est pas si je veux, Charlie, c'est si je peux.

Même si Marine dit vrai, même si jamais personne ne pourra se glisser entre nous, ça n'a pas d'importance. Aucune !

— Tu dors avec moi, cette nuit ? me demande-t-elle, hésitante.

Je me contente de lui sourire en la poussant doucement vers son lit. Elle s'allonge et je la suis en silence. Elle me tourne le dos et mes bras la tiennent fermement… comme ils le font sans cesse.

— Tu es mon évidence, me chuchote-t-elle avant de s'endormir. Tu l'as toujours été.

♫

Charlie

J'ouvre un œil.

J'ai mal au crâne.

Je m'étire en essayant de trouver son contact, mais je trouve le vide. J'ai peut-être rêvé la soirée d'hier. Marine n'est peut-être jamais venue cracher sur moi. Emma n'a peut-être jamais regardé Sacha avec insistance et Garnier n'est sûrement pas en train de ronfler sur notre canapé. Je passe devant sa chambre, grande ouverte, et descends avec la barre au milieu du front.

Soudain, j'entends un bruit qui semble venir d'un goret plus que d'un être humain.

Ben.

Fuck !

C'était bien cette foutue réalité.

Je m'enfile deux cachets dans le gosier et décide de me préparer un bon café. Il est chaud. Aucune trace de Sacha. Je me verse le Saint-Graal lorsque le fils spirituel de Babe émerge.

— Lumière… Trop…

Il gémit. Je me marre. Outch, ma tête.

Ris en silence.

Merci.

Je me rapproche de la chose et le pousse avec mon pied.

— T'es mort ?

— Il y a des flammes et des femmes à moitié nues qui font une ronde en se frottant les tétons ?

— Euh non ! Juste moi.

— Je suis sûrement en enfer, alors.

Je lui redonne un coup. Il sort sa tête en râlant.

— Tu ne veux pas aller emmerder quelqu'un d'autre ?

— T'es tout seul. Je n'ai pas le choix.

— Il n'est jamais là quand il faut.

— Tu sais où il est ?

— J'espère au moins qu'il prend du plaisir, ce fourbe.

Je le pousse et m'assieds sur le bord du canapé.

— Fais comme chez toi, grogne-t-il.

— Je suis chez moi !

— T'es toujours aussi relou, au réveil ?

Je me contente de lui faire un doigt sans même le regarder.

— Tu ne veux pas me préparer un café ? J'en ai besoin.

— Et ma main dans ta face ? T'en as besoin ?

— Je préférerais ta main dans mon caleçon.

— Insupportable.

Il éclate de rire, heureux de sa vanne pourrie, et se lève avec peine. Je m'installe plus confortablement.

— Garnier ?

— Quoi ?

— Tu viens vraiment de me révéler ton fantasme de voir des femmes se frotter les tétons ?

— Tu ne savais pas ? Je pensais que c'était public.

— Non, sinon je n'aurais pas eu un renvoi douloureux au fond de la gorge.

— Déception. Moi qui croyais que t'allais me réclamer de mater ta prochaine séance de cul !

— T'es malade !

— Quoi ? J'en rêve depuis que je suis au courant.

— Il t'arrive parfois de réfléchir avec autre chose que ta bite ?

— Pour quoi faire ?

— Au fait, hier tu m'as parlé du numéro d'Emma.

— Effectivement.

— Elle te l'a donné ?

— Ça t'intéresse ?

— Si je te pose la question…

— J'ai demandé si quelqu'un était déjà sur le coup.

— Je sais.

— Alors ? T'es sur le coup ?

— Je ne pense pas qu'elle soit attirée par les femmes.

Silence. Comme le canapé est dos à la cuisine, je ne vois pas ce qu'il fait et j'ai la flemme de me lever.

— Garnier ? T'es mort ? Si t'es blessé, évite de foutre du sang partout.

— Attends ! Je suis en train de vous imaginer toutes les deux vous caressant et j'ai une trique d'enfer. Madame Ragout. Madame Ragout. Madame Ragout.

— À bien y réfléchir, j'aurais préféré le sang.

— Je suis sûr que je pourrais te faire aimer les hommes, Lecœur.

— Je peux aimer les hommes ! Mais tu n'en es définitivement pas un.

— Quoi ? Répète !

— Quel mot tu n'as pas compris ?

— Tu as déjà été avec un type ? À part Dognon, lui ne compte pas. Tu sais que je l'ai revu le mois dernier ? J'ai l'impression que son menton a encore grossi. On dirait un enfant caché des Bogdanoff.

Je sens qu'il ne va pas lâcher l'affaire.

— Non, mais sérieux, raconte.

— Tu ne penses quand même pas que je vais te raconter ma vie sexuelle ?

— Si ! Je peux te balancer la mienne.

— Je te signale que je suis déjà au courant de tout.

— C'est pas faux. T'es plus vierge ?

— Non !

— Qui ?

Ton meilleur pote.

— Tu ne le connais pas.

— Quand ?

La nuit de mes dix-huit ans.

— Je ne sais plus.

— Tu penses qu'avec moi, il y aurait moyen ?

— Je préfère ne rien dire.

— À cause de Zoé ?

— À cause de toi !

— Dommage !

— Garnier ?

— Quoi ?

Je secoue la tête en lui montrant son caleçon.

— Je te signale que tu bandes encore.

— Ce n'est pas de ma faute si tout ça m'excite.

— Je te soupçonne d'être excité par Mme Ragout.

— Sûrement. Je vais aller courir. Besoin d'évacuer.

— Je viens avec toi.

— Tu vois, Lecœur, que tu ne peux plus te passer de moi.

— Ferme-la !

♫

Sacha

Je suis au bar pour récupérer mon portable que j'ai dû oublier la veille dans la confusion ambiante. Je pense être seul, mais j'entends un bruit sourd dans le bureau de Samia. Je frappe et passe la tête discrètement, de peur de déranger. Je ne reconnais plus la pièce. Comme l'impression que Taz est venu se faire plaisir. Des papiers jonchent le sol, les sièges sont renversés, des débris de verre qui doivent correspondre à une lampe sont éparpillés et une silhouette… recroquevillée dans un coin.

— Samia ?

J'avance doucement vers elle. Je me mets à genoux pour être à sa hauteur et effleure sa main pour qu'elle réalise ma présence.

— Samia.

Elle lève la tête et je comprends que ça doit faire un moment qu'elle est en train de pleurer. Je ne réfléchis pas et la prends dans mes bras. Elle lutte au début, puis capitule. Je me contente de lui caresser les cheveux pour tenter de la calmer pendant qu'elle sanglote contre mon cou. Je la berce et ses larmes cessent peu à peu. Elle se dégage et se relève, gênée.

— Désolée, j'ai perdu le contrôle.

— Qu'est-ce qui s'est passé ?

— Rien qui te concerne, Sacha.

— Ne te la joue pas comme ça, s'il te plaît.

— Ce n'est pas parce que j'ai eu un passage à vide que tu dois me parler sur ce ton.

— Mais merde, regarde autour de toi ! C'est une nouvelle façon de faire le ménage ?

— Peut-être, souffle-t-elle en ramassant quelques morceaux coupants.

— Arrête !

— Tu veux que je te dise quoi ?

— La vérité.

— Tu travailles pour moi, Sacha !

— Et alors ? Ça m'empêche de t'aider ? Tu préfères que je fasse comme si je n'avais pas remarqué ce chantier ?

— Voilà. Fais donc ça.

Un mur. Je choisis de laisser tomber.

— Comme tu veux. À mardi !

— Je… je ne sais pas comment m'y prendre, lâche-t-elle soudain. Je me suis toujours débrouillée toute seule. Je ne sais pas demander de l'aide.

— Je vais nous préparer un bon café et à deux, le rangement sera plus rapide. Et s'il te plaît, ne ramasse pas ce verre avec les mains !

Elle me sourit et je comprends que c'est sa façon de me remercier.

♫♫♫

Il nous a fallu plus de deux heures pour que le bureau reprenne un aspect normal. Je la regarde remettre les papiers en ordre. Je sais ce qu'il a dû lui en coûter pour me demander de rester. Elle a cette beauté froide qui déstabilise. Cette aura qui la rend inaccessible. Je la rejoins et ose enfin poser la question :

— Tu peux me dire maintenant ce qu'il s'est passé ?

— Un litige avec un ancien partenaire.

— Partenaire ?

— Il a des parts dans mon affaire. Il veut les reprendre. Je risque de tout perdre.

Elle m'énonce ça comme si elle récitait une recette de cocktail. Je pose une main sur la sienne.

— Tout perdre ? Le bar ?

— Oui le bar, Sacha, pas ma virginité.

— Pourquoi cette violence ?

Elle plonge ses yeux noirs dans les miens.

— C'est tellement plus facile d'impressionner une femme par la force.

— Il t'a blessée ?

— Souvent, les blessures les plus douloureuses ne sont pas physiques.

Pourquoi j'ai la sensation qu'elle me parle comme si j'étais un enfant, avec ces phrases toutes faites ? Elle a une façon de me dévisager qui me perturbe et que j'ai du mal à analyser, jusqu'à ce que ses lèvres soient brusquement sur les miennes.

C'est irrationnel. Imprévu. Brutal.

Puissant.

Érotique.

Je la laisse faire, puis lui attrape les hanches sans ménagement pour la poser sur le bureau. Ses doigts tirent sur mes cheveux et ça m'excite encore plus. J'en profite pour lui écarter les jambes avec mes genoux. Je ne sais pas trop ce qu'on est en train de faire, ça n'a aucun sens, mais je suis incapable de m'arrêter. Je remonte sa jupe et découvre une jolie culotte en dentelle noire, sexy au possible. Ses mains descendent le long de mon torse et ouvrent mon jean avec facilité. Je lui attrape les poignets et les ramène derrière son dos pour lui faire comprendre que je maîtrise la situation. Elle a toujours tout contrôlé… mais pas cette fois. Un sourire se dessine sur ses lèvres et ma bouche caresse sa mâchoire, son cou pour revenir enfin sur la sienne. Elle en profite pour mordre ma lèvre inférieure. Elle joue. Elle sait parfaitement ce qu'elle fait. Je m'écarte et lui souris à mon tour. Elle est belle avec ses cheveux emmêlés et ses joues rouges. Je lui enlève sa chemise. Elle se laisse faire. Je continue en faisant glisser son soutien-gorge. Je m'attarde quelques secondes pour observer le spectacle qu'elle m'offre, mais je devine que le rythme ne lui convient pas quand je la vois s'affairer à descendre la fermeture éclair de mon pantalon, qui tombe au sol.

— Je ne suis pas en sucre. Prends-moi vite et fort, me souffle-t-elle à l'oreille.

Je pourrais jouir rien qu'en entendant ces mots.

Pendant que je lui enlève sa culotte, elle attrape un préservatif dans un des tiroirs.

— Prévoyante ?

— Toujours.

Elle baisse mon boxer, enfile la capote et je fais ce qu'elle m'a demandé. Je la pousse contre le bureau.

Pas de préliminaire. Du sexe pour du sexe.

Je m'empare de ses hanches et pénètre profondément en elle. La longue plainte qui s'échappe de ses lèvres me donne envie de m'enfoncer encore plus loin. Il n'y a aucune douceur. C'est animal. J'ai peur d'aller trop vite, alors je ralentis et garde les yeux ouverts, rivés aux siens. J'approche ma bouche de ses seins, les embrasse, tout en continuant les va-et-vient jusqu'à ce que la pièce bascule autour de moi. Elle tremble, la chaleur envahit ma colonne vertébrale quand je me sens exploser à mon tour. On reste quelques secondes dans cet état de plénitude avant qu'elle ne se relève et m'écarte en me balançant froidement :

— Merci.

— Mais de rien.

— Tu peux me laisser maintenant.

Son regard est de nouveau distant. Comment fait-elle pour passer du mode « prendsmoiviteetfort » à « jesuistonbosstupeuxtebarrer » ?

— Pardon ?

— Un problème, Sacha ? Ne me dis pas que tu es du genre à vouloir un câlin après baise ?

— Entre un câlin et barre-toi, il y a quand même un monde.

— Je n'ai jamais été douée pour le *après*.

— Sans blague…

J'ai l'impression qu'elle s'est servie de moi. D'habitude, je ne subis pas. Pas ça.

— Quoi ? Nous sommes des adultes. Nous avons pris notre pied. Point. Passons à autre chose.

Je préfère ne rien dire et me casser.

♫

Charlie

Toujours aucune nouvelle de Sacha. On a eu le temps de faire un footing, de s'engueuler, de se doucher, de s'insulter, de manger, d'essayer de se battre et de mater un film. Alors qu'on est tranquillement sur le canapé, à comater devant l'écran, la porte de l'entrée claque.

— Elle était bonne ? demande Ben sans bouger.

— Lâche-moi, grogne Sacha avant de monter sans un mot de plus.

Je cogne Ben à l'épaule.

— Tu ne peux pas parfois juste la boucler ?

— Pourquoi ?

— Pour le bien-être de l'humanité.

Après quelques minutes, je me lève pour rejoindre Sacha. Il a dû se passer un truc pour qu'il se comporte comme ça. Si ça se trouve, il était avec Marine. J'entends l'eau couler dans la salle de bain. Je frappe, glisse la tête et lui demande si ça va.

— Charlie, laisse-moi, s'il te plaît.

Il sort de la douche, me voit et soupire. Je lui jette une serviette et il la met rapidement autour de ses hanches. Il ne prend même pas la peine de s'essuyer.

— Pourquoi t'es énervé comme ça ?

— J'ai envie. J'ai le droit, non ? Je n'emmerde personne, que je sache.

Je m'approche et m'appuie contre le lavabo pour me retrouver face à lui.

— Je suis là si t'as besoin d'en parler.

Ma main s'apprête à effleurer son bras, mais je sens son corps entier se crisper.

— Ce n'est pas contre toi.

— C'est contre qui, alors ?

Son regard affronte le mien. Il se déplace et place ses bras de telle façon que je me retrouve coincée entre le lavabo et lui. Il reste là, sans bouger, sans parler, comme s'il essayait de me faire baisser les yeux. Peine perdue.

— Je ne sais pas à quoi tu joues aujourd'hui, mais tu n'y arriveras pas.

Je veux juste comprendre. Connaître l'histoire. Peut-être qu'en le fixant comme je le fais, la vérité va me sauter aux yeux. Il rapproche son visage du mien et une sensation que j'avais enfouie depuis des années m'envahit. Son odeur de gel douche doit m'embrumer l'esprit. Nos respirations s'ajustent parfaitement et je manque de m'étouffer quand il murmure à mon oreille :

— J'ai baisé Samia, ce matin.

— Quoi ?

Je pose les deux mains sur son torse encore humide. J'ai dû mal entendre. Je l'observe et remarque que la colère a laissé place au regret.

— J'ai merdé, Charlie !

— J'ai dû louper un truc.

— Je ne sais pas comment c'est arrivé. On était en train de discuter d'un sujet sérieux puis, la minute d'après, je la prenais sur son bureau.

Il passe fébrilement une de ses mains dans ses cheveux en s'asseyant sur la cuvette fermée des toilettes. Je suis partagée entre l'envie de lui en mettre une et de le prendre dans mes bras pour le rassurer.

— Ne me dis pas que t'as trébuché et que, comme par hasard, ton pénis s'est retrouvé en elle.

— Non, je ne te le dis pas. Elle s'est servie de moi, en fait.

— Samia ?

Il commence à rire, ça me surprend.

— T'y crois, Charlie ? Je me suis fait baiser par ma boss.

Je souris en secouant la tête.

— Pour être honnête, j'ai du mal.

Il y a une soirée dans les chiottes et je ne suis même pas le premier prévenu ?

Ben débarque, une bière à la main.

— Ne m'avouez pas que t'allais le sucer, Lecœur ? Oh si : avouez-le. Je le savais pour vous deux. Je le savais…

Sacha se lève, passe devant lui et se dirige vers sa chambre. Je crache :

— T'es un nuisible, Garnier !

Je sors à mon tour pour retrouver Sacha.

— Je peux au moins regarder ? Je ne ferai pas de bruit. Vous ne remarquerez même pas que je suis là.

Je lui claque la porte au nez, ferme à clé et me marre en imaginant sa tête. Sacha est dos à moi, il vient d'enfiler un boxer.

— On n'a pas fini de l'entendre si tu fais ça. Tu le cherches, toi aussi.

— Ouvrez-moi, bordel ! On est une team !

Sacha éclate de rire avant de s'allonger sur son lit. Je m'assieds à côté de lui.

— Tu comptes faire quoi ?

— Nous filmer et vendre la vidéo à Ben à prix d'or.

— Je parlais de Samia.

— Ah. Faire comme si cette matinée n'avait jamais eu lieu.

— Comment tu fais ça ?

— Ça ne serait pas la première fois, me balance-t-il avec un regard plein de sous-entendus.

DE NOS JOURS...

Sacha, 31 ans

Se retrouver ici sans elle, ça n'a décidément aucun sens. Son sanctuaire.

Mes yeux restent posés sur une toile inachevée. Je l'imagine encore assise devant à peindre comme si elle était dans sa bulle et me sourire quand je me décidais à la déranger. C'est comme si le temps n'avait jamais eu de prise sur elle, sur sa façon de voir le monde. Elle m'a toujours inspiré.

— Sacha ?

Je me retourne, mon père est devant moi. Il est fatigué. Comme s'il avait l'univers à porter. C'est un peu ça, quand j'y pense. Elle était son tout… et elle n'est plus là.

Je pivote à nouveau et me reconcentre sur ces formes qui me donnent l'impression de voler sur cette toile.

— Tout le monde est prêt, soupire-t-il.

Oui, mais moi je ne le suis pas.

Je veux encore respirer son odeur. Entendre son rire. Sentir ses bras autour de moi. Me voir à travers ses yeux. L'écouter me murmurer qu'elle m'aime… encore et toujours.

Non, je ne suis décidément pas prêt.

Sa main se pose sur mon épaule. Je ne sais pas si c'est pour me soutenir ou pour qu'il puisse s'appuyer pour ne pas flancher.

— Il faut y aller, souffle-t-il, des sanglots dans la voix.

— C'est si soudain.

— Je sais.

Il fond en larmes. Ses gémissements me retournent le cœur. Je le prends dans mes bras pour ne pas sombrer à mon tour.

Oublier qu'elle est partie il y a trois jours vendre un tableau et qu'elle n'est jamais revenue.

Oublier le visage de mon père à la porte de mon appartement, les yeux rouges et bouffis. Depuis dix ans que je suis à Paris, il n'était jamais venu, seul. Il a secoué la tête en pleurant et j'ai compris.

J'ai encore besoin d'elle. Tellement.

Je veux qu'elle me réchauffe quand j'ai froid.

Je veux qu'elle me prévienne quand je vais trop loin.

Je veux qu'elle me relève quand je tombe.

J'ai encore besoin d'elle.

Tellement.

Mon père s'essuie les yeux.

— C'est l'heure.

♫

Charlie, 30 ans

Je l'observe au loin. Le jour commence à tomber en haut de la falaise. Je ne sais pas depuis combien de temps je suis là et ça n'a aucune d'importance.

Il fixe l'horizon depuis que je suis arrivée. Je ne suis pas sûre de l'avoir vu réagir. Même quand les gens sont partis, les uns après les autres. Même quand son père l'a pris dans ses bras. J'aimerais être celle qui est capable de lui faire du bien dans n'importe quelles circonstances. Mais ce n'est plus le cas. J'ai perdu ce statut depuis longtemps.

Quand papa m'a appelée pour m'annoncer cette terrible nouvelle, je me suis effondrée. Tous les souvenirs que je gardais précieusement en moi sont ressortis avec plus de puissance que jamais.

Juliette.

Son vélo. Son sourire. Ses mots rassurants.

Et puis, *lui*.

Mon évidence.

Il ne bouge pas. Il se tient toujours aussi droit, sa veste ouverte malgré le vent qui souffle de plus en plus.

J'aimerais avoir la force d'avancer vers lui… mais les années qui nous ont séparés ont provoqué ce fossé qui me semble désormais infranchissable. Alors je le regarde. Je m'arrête sur son visage et la beauté presque arrogante de son profil. Je pensais qu'il serait différent des images enfouies dans ma mémoire. Je me rassurais peut-être de cette façon. En me disant qu'il ne serait qu'un étranger. Que ça serait plus facile. Mais je me suis trompée… encore une fois.

C'est juste Sacha. Ça l'a toujours été.

Il craque.

Je ne réfléchis plus et me dirige vers lui. Au moment où j'arrive à sa hauteur, son visage se tourne vers moi. Mon cœur palpite beaucoup trop vite, mais je m'en fiche. J'ai comme l'impression qu'il s'était arrêté de battre normalement depuis qu'il est parti. Je rêverais de lui dire que tout ira bien, que cette douleur va s'estomper et disparaître au fil du temps. Mais je me refuse à lui mentir, alors je reste ici, dans ce silence étourdissant.

Je veux juste qu'il comprenne que je suis là. Que j'ai toujours été là.

Il continue de me dévisager. J'ai du mal à anticiper sa réaction. : il me fuit depuis dix ans.

Je prends sa main et ses yeux sont toujours plongés dans les miens. Je la serre fort, je voudrais tant lui donner le peu de force que j'ai en moi. Mon regard se tourne à mon tour vers cette étendue d'eau à l'infini et, sans que je m'y attende, ses doigts s'entremêlent aux miens et c'est comme si nous ne faisions plus qu'un… *comme avant.*

2004

Sacha, 21 ans

J'entre dans le bar avec une petite appréhension. Je ne sais pas comment je vais gérer ce qui s'est passé dimanche. Ça va faire quatre jours que j'y réfléchis et j'en viens toujours à la même conclusion : *Sacha, t'as déconné !* Comment j'ai pu laisser cette situation déraper à ce point ? Me taper Samia ? Ma boss ! C'était vraiment n'imp' !

Je n'ai pas le temps de trop angoisser, car *elle* se tient justement devant son bureau et me fait signe de la rejoindre. Et vu le regard qu'elle me lance, je ne pense pas que ce soit pour une partie de « prendsmoiviteetfort ». Je croise Charlie et l'embrasse rapidement avant de me faire sûrement arracher ce que j'ai entre les jambes.

— Ferme la porte !

Je préfère ne rien dire pour ne pas envenimer la situation. Elle est appuyée sur son bureau, les bras croisés, la posture crispée. Elle hurle, à peine la porte fermée :

— T'en as discuté avec Charlie ?

— Euh… oui.

— Pourquoi ? T'es malade ?

— Parce que je lui dis tout et merci de t'en inquiéter, mais je vais très bien.

— Tu m'emmerdes, Sacha ! Tu crois que j'ai besoin de ça ?

— On parle de quoi, là ? De sexe ou du fait que Charlie soit au courant ? Parce que pour la première réponse, je pense que ça ne te ferait pas de mal.

— Pardon ?

Elle me fixe comme si je l'avais insultée.

— Je suis viré ?

— Viré ?

— Oui, viré ? Si c'est oui, je me barre tout de suite, si c'est non, je veux juste faire mon taf.

— Non, tu n'es pas viré, mais…

— Tant mieux. Alors, je vais te laisser. Comme tu me l'as expliqué la dernière fois, nous sommes adultes. Pas besoin d'en faire toute une histoire.

— Dis à Charlie dans ces cas-là qu'elle garde pour elle ses regards vindicatifs. OK ?

— OK !

Je claque la porte et je file dans la réserve poser mes affaires. Mes gestes brusques me confirment que tout ça me gonfle sévère. Je ne devrais pas. On a passé un bon moment. Point. Je ne veux pas que mon taf ici change. Je ne veux pas que ma relation avec Samia soit tendue. Je ne veux pas que Charlie se mêle de ça. J'appuie mes mains contre le mur et tente de m'apaiser avant d'entamer mon service.

♫♫♫

Je suis posé sur le canapé, la tête appuyée contre le dossier, les yeux fermés. Je ne vais pas être capable de revivre une soirée comme celle que je viens de passer. Samia me fusillant du regard. Ben renversant son verre de bière sur moi en voulant me montrer un nouveau mouvement de danse à la mode. Charlie, inquiète et me parlant comme si j'étais sur le point d'exploser.

Depuis quand ma vie est à ce point en train de partir en couille ?

Je sors de ma poche le numéro d'une petite brune... *Claire*, si je lis bien ce qu'il y a écrit sur le bout de papier. Je la revois essayant d'attirer mon attention avec ses copines. Elles ont tourné à la tequila toute la soirée. Elle était mignonne avec ses grandes prunelles vertes et sa coupe courte. Mais là, tout de suite, je n'en ai même pas envie.

Juste besoin de calme.

— Garnier ! Je vais te tuer ! Mais vraiment !

— Oh ça va ! J'ai rien vu.

— T'as rien vu ? Depuis quand t'es aveugle, blaireau ? Je suis sous la douche.

De sérénité d'esprit.

— J'ai fermé les yeux...

— Tu seras bien obligé de le faire quand j'aurai enfoncé mes ongles dedans.

De paix intérieure.

J'essaie de faire abstraction des cris et des pas qui descendent des escaliers. Ça se rapproche.

— Sacha, je te préviens que si ce trou du cul se repointe dans la salle de bain pendant que j'y suis, je ne réponds plus de rien !

N'ouvre pas les paupières. Ils vont finir par partir.

— Tu ne vas pas faire un scandale pour une paire de seins… qui est d'ailleurs magnifique, soit dit en passant.

— Ah ! Je le savais ! T'as tout vu !

— Aïe, putain ! Mais t'es tarée !

J'ouvre les yeux et découvre un spectacle déroutant. Charlie en peignoir, sur le dos de Ben, en train de le frapper sur la tête.

— Tu me fais mal, bordel !

— C'est le but !

— Tes fesses aussi sont hyper excitantes.

— Tu vas mourir !

— Sacha, fais-la descendre !

— Sacha, aide-moi à le massacrer !

Je les observe tourner en rond dans le salon et je me dis qu'il faut vraiment que je quitte tout ça. Peut-être que quelques jours chez mes parents me feraient du bien. Voilà, c'est ça. M'éloigner un peu de ce qui pourrait me perturber et tenter de faire le point. Je me lève doucement, les laissant se bastonner, et je monte dans ma chambre.

♫

Charlie, 20 ans.

Je suis bloquée.

Je suis sur le dos de Ben, une mèche à lui dans les mains et je suis bloquée. Lui aussi, d'ailleurs. Comme si on nous avait mis sur « pause ». Sacha passe sans un regard vers nous et monte l'escalier… comme si on n'existait pas.

Je souffle :

— C'était quoi, ça ?

— Mes cheveux. Et ça me fait mal…

— Pas toi, trou du cul. Lui.

— Je ne sais pas, mais ça ne sent pas bon, grimace Ben en se frottant les bras. Mais t'as les griffes à Wolverine ou bien ?

— Tu l'as mérité.

— Si tu veux, tu pourras me mater la prochaine fois. On serait quittes.

Ce type va me rendre dingue. Je suis persuadée qu'un jour je vais me retrouver internée parce que j'aurai découpé sa tête de fion en morceaux et que je l'aurai balancé d'une falaise. Et dire que j'ai pris sa défense quand ça a clashé avec Zoé, il y a six mois ! Elle a comme qui dirait pété un plomb… et a été simplement odieuse avec lui. Je ne pouvais pas cautionner. Elle a rencontré un autre mec à la fac et, au lieu d'assumer, a laissé pourrir la situation… jusqu'à l'explosion… qui a bien évidemment eu lieu.

— On devrait monter, non ? me demande-t-il, sérieux tout à coup.

Je me contente de dire oui et de suivre Sacha, Ben sur mes talons. La porte de sa chambre est fermée ; je frappe trois coups avant d'entrer. Ben me pousse pour mieux voir. Il est vraiment nocif ! Je découvre Sacha couché sur le dos, les bras derrière la tête, les yeux fermés. Ben me bouscule encore, mais je le frappe avant de refermer la porte.

— Tu fais quoi ? Il faut qu'on lui parle. Il est amorphe, le gars !

— J'ai une idée. Reste là. Ne bouge pas. Tu comprends, Garnier, quand je te cause ?

— Je ne suis pas débile, Lecœur !

— Ah ? Vu la tête que tu faisais, j'avais vraiment un doute. Parfois t'as le regard aussi profond qu'un pédiluve.

Je lui fais un sourire forcé avant de filer dans ma chambre, prendre mon iPod et mon enceinte. Les premières notes de *Run Red Run* des Coasters se font entendre et je retourne devant sa porte. Ben n'a toujours pas bougé.

— T'es sérieuse ? Tu crois que ça va le faire émerger ?

— Oui, et tu vas même m'aider.

J'ignore ses grognements, entrebâille la porte et dépose l'enceinte. La réaction de Sacha est immédiate. Il sourit et ouvre les yeux en nous fixant. J'en profite pour entrer en dansant.

— N'y pense pas, Lecœur ! Hors de question que je te suive, sur ce coup.

— Je te raconterai une ou deux histoires croustillantes.

J'ai à peine fini ma phrase que Ben est au milieu de la chambre en train de balancer son corps dans tous les sens. Dommage, si j'avais su, j'aurais filmé pour avoir de quoi le faire chanter.

Sacha se relève et reste assis sur son lit en se marrant. Je continue à me trémousser et lui tends une main, qu'il prend en secouant la tête.

— Allez, viens ! On va savoir si les cours de M. Pouillet ont été efficaces...

On est obligés d'être concentrés pour se souvenir des pas, mais c'est tellement bon. Je nous revois dans le salon du 5 rue Matisse en train de râler parce qu'on était incapables d'enchaîner deux mouvements sans se marcher sur les pieds. M. Pouillet n'a pourtant jamais lâché l'affaire et je me rappelle de Bono qui aboyait en nous sautant dessus. Sacha me dévisage étrangement et me fait tourner jusqu'à ce que Ben arrive droit sur nous et nous saute dessus... comme Bono, en y réfléchissant.

— On est la meilleure team du monde !

Je n'ai même pas envie de protester, le rire de Sacha résonne à mes oreilles et ça me suffit.

♫♫♫

— Tu fuis...

On est couchés tous les deux dans son lit, face à face. Après la session de danse, on a tous rejoint nos chambres. Enfin, je n'ai pas pu me résigner à ne pas être avec lui, alors, après m'être retournée une centaine de fois sous ma couette, je suis allée le retrouver. Je ne m'attendais pas à ce qu'il m'avoue son envie de partir pendant quelques jours.

— J'ai quand même le droit de passer voir mes parents.

— Oui. Mais fais-le pour de bonnes raisons. Pas parce que ta vie actuelle te saute à la gueule.

— J'en ai besoin, Charlie !

— Pourquoi tu ne me parles pas ? Pourquoi c'est différent ?

— Différent par rapport à quoi ?

— À nous deux…

Sa main vient me caresser la joue, je le laisse faire.

— Parce qu'on change… on grandit… on mûrit…

— Moi, je ne veux pas. Je veux qu'on reste les mêmes… ceux qui grimpaient dans la cabane… ceux qui regardaient les nuages… ceux qui se disaient tout.

Il commence à retirer sa main, mais je l'en empêche. *Hors de question, Sacha Bourgeois, que tu t'éloignes de moi. Je ne te laisserai jamais faire.* Je repose sa main à l'endroit où elle se trouvait.

— On a l'impression que je pars pour toujours.

— Si un jour ça arrive, je me mettrai forcément en travers de ton chemin.

Il sourit.

— Tu vas tenir le coup avec Ben ?

— Non, mais tu le prends avec toi, hein ?

— Pas là !

— Traître !

— J'avoue que c'est ce qui me fait le plus flipper. Vous laisser tous les deux. Surtout après ce que j'ai vu tout à l'heure.

— Tu réalises qu'il a osé entrer dans la salle de bain pendant que j'étais sous la douche ?

— J'ai cru comprendre.

— J'étais à poil, Sacha !

— Il vaut mieux oui, quand t'es sous la douche.

— C'est un pervers !

Sacha se marre.

— Je vais le jeter dehors. Je t'assure… c'est soit ça, soit je deviens folle. Non, mais sérieux, il n'a pas des gens d'une école de commerce à emmerder ?

— Je ne suis pas sûr que ce soit le bon moment pour te dire qu'il veut tout arrêter.

Quoi ? Je me relève d'un coup.

— Arrêter ? Genre il arrête et il vient vivre avec nous ? Non ! Non ! Et non !

— Je sais qu'on n'a pas la place, mais je pensais qu'on pouvait le dépanner quelque temps.

— C'est quel mot que tu n'as pas compris dans : « Non ! Non ! Et non ! » ?

— Je sais que sous tes airs de garce, tu l'aimes bien.

Je me laisse retomber sur le lit et il me passe la main dans les cheveux.

— Je sens que cette année va être dure.

♫

Sacha

Ça fait deux jours que je suis chez mes parents et je n'ai toujours pas trouvé ce que je suis venu chercher. Je suis assis sur mon lit, Bono à mes pieds, et je tente de composer quelques notes avec ma guitare. D'habitude, la musique me permet de vite me déconnecter, mais j'ai du mal à ne pas ressasser tout ce qui m'attend à Montpellier. Depuis que Marine m'a largué, je m'enfonce un peu plus chaque jour. Je suis perdu.

Avec Marine. Samia. Charlie…

Comme j'aurais aimé lui répondre que non, que rien n'a changé, qu'on sera toujours les mêmes… mais merde ! Je sais que c'est faux. Je sais que ce que je ressens est en train de grossir et de me bouffer. Tant que j'étais avec Marine, je n'avais plus ces doutes. Ou alors, cette relation me permettait de ne pas voir la vérité en face. Je pensais que le temps arrangerait les choses, mais je dois me rendre à l'évidence : rien n'est plus pareil depuis cette fameuse nuit. Je crève d'envie de la prendre dans mes bras… d'être avec elle. C'est plus fort que moi.

— Mon cœur ?

Maman vient de rentrer et elle me dévisage, inquiète. Je me contente de lui sourire, mais elle n'est pas dupe. Elle sait que ça ne va pas depuis que je suis revenu. Elle se déplace avec sa grâce naturelle et s'assied à mes côtés. Sans rien dire, elle me caresse la joue comme si j'avais éternellement cinq ans.

— Tu seras toujours le bienvenu dans cette maison. C'est la tienne. Mais considère-la comme un espace de liberté et non comme une prison.

Je ne comprends pas. Elle doit s'en rendre compte, puisqu'elle continue en souriant :

— Vis, Sacha ! Ne te laisse pas enfermer dans tes doutes. Ça ne sert à rien. C'est juste une perte de temps, m'explique-t-elle sans cesser de sourire. Je ne sais pas pourquoi c'est fini avec Marine. Mais est-ce que c'est cette rupture qui te plonge dans cet état ou ce qui en découle ? Je ne veux pas te voir souffrir. J'aimerais tellement avoir une baguette magique et qu'elle puisse te rendre la joie de vivre et te donner la réponse à tes questions ! Malheureusement, je ne suis pas magicienne…

— C'est juste… juste un énorme bordel dans ma tête.

— J'ai cru comprendre.

— Marine qui me largue à cause de Charlie. Charlie qui est triste parce qu'elle me trouve différent… et moi qui implique une autre fille dans ce merdier.

— Qu'est-ce qui t'embête le plus dans tout ça ?

Un seul visage apparaît. Une grande rousse avec des taches de rousseur sur le visage.

Ça a toujours été *elle*.

— Réfléchis bien. Je dois finir une toile, mais ça te dit d'aller boire un coup, tout à l'heure ? Ton père sera rentré.

— Avec plaisir.

Elle m'embrasse.

— Je t'aime, mon Sacha.

♫

Charlie

— Charlie, tu peux m'expliquer comment cette fille peut résister à mon charme ? se lamente Ben, assis sur un des tabourets de notre bar.

— Tu veux la vérité ?

— Non !

— C'est carrément incompréhensible de ne pas s'incliner devant tant de qualités réunies dans un seul homme.

— C'est exactement ce que je me suis dit. Ou alors, tu t'es plantée depuis le début, elle aime les femmes. Voilà, c'est forcément ça, se marre-t-il en se levant. Ce n'est pas contre moi. Je suis toujours le *sex symbol* dont rêvent toutes les filles.

— Comment dire…

— Pas un mot de plus, Lecœur ! Ne gâche pas tout ! D'ailleurs, je vais sortir pour m'en assurer. Tu viens ?

— Nope ! J'ai un cours à 8 heures, demain.

— Si jeune et déjà si vieille… soupire-t-il en griffonnant un numéro sur un bout de sopalin, de me le tendre et de passer la porte.

06 56 96 89… Jolie Emma

Je la revois avec son sourire magnifique et je me demande si j'aurais pu avoir ma chance. Je n'ai même pas tenté. Je prends mon téléphone, enregistre son numéro et appelle… Sacha… sa messagerie… encore !

« C'est Charlie. Comme tous les autres messages. Juste pour te dire que Ben est vivant, mais je ne sais pas encore pour combien de temps. Alors, ne t'exile pas trop longtemps, tu risques de nous trouver un six pieds sous terre et l'autre derrière les barreaux.
Sinon, Ben pense que je devrais essayer avec Emma. Tu te souviens ? J'ai récupéré son numéro. J'aurais bien voulu qu'on en parle ensemble… ou qu'on parle tout court… Ça fait une semaine, Sacha… depuis l'Irlande, ça n'est jamais arrivé. Tu… tu me manques… Rap… »

Je raccroche sans finir ma phrase. Ça ne sert à rien. Si je m'écoutais, je prendrais le premier train et je déboulerais chez lui pour le secouer. Mais je respecte ma promesse de lui laisser du temps, même si ça me fait mal de ne pas pouvoir être avec lui alors qu'il est en plein doute. Je fixe toujours le bout de papier. *06 56 96 89… Jolie Emma.*

Allez, Charlie !

♫♫♫

Quand j'arrive enfin devant le bar qu'elle a choisi hier, elle est déjà installée en terrasse. J'ai sa voix qui tourne dans ma tête. Elle avait l'air soulagée et depuis, j'ai une boule au ventre qui étrangement me réconforte. Je profite qu'elle ne m'ait pas encore remarquée pour l'observer. Son carré blond bouclé lui arrive à la mâchoire et sa bouche si… parfaite, est pulpeuse à souhait. Elle porte un jean slim, un top crème avec une veste et des escarpins assortis à son rouge à lèvres. Elle veut que je décède ou elle veut que je décède ? Parce que là, j'ai rarement vu une fille si attirante. La boule est en train de grossir et je souris en me rappelant que ça fait un bail que je ne l'avais pas sentie… Je me demande si je vais lui plaire. Je ne suis pas aussi sexy qu'elle, mais j'espère que ma robe légère fera quand même son petit effet. Je réalise alors que j'ai vraiment envie que ça marche. Je m'approche d'elle et elle m'accueille avec un sourire qui me déstabilise. Quelle bouche ! Je l'imagine déjà en train de parcourir mon corps.

— Charlie.

Merde.

Focus.

— Emma. Désolée pour le retard.

— Non, mais c'est moi, j'étais en avance. J'étais tellement impatiente.

Quoi ? Impatiente ?

Si je m'écoutais, je ferais une petite danse à la Carlton.

— Moi aussi… malgré le léger retard.

Je la dévisage en m'asseyant. Cette fille me plaît. Elle me plaît vraiment. Alors que je commande une bière, mes yeux ne peuvent s'empêcher de l'admirer.

— Comment ça se fait que tu te sois décidée à m'appeler ?

— Ben.

Elle commence à rire et sa bouche me paraît encore plus provocante.

— Je penserai à remercier Ben, alors.

Pour une fois qu'il fait un truc sensé, celui-là !

— Tu me plais, Charlie.

Merci la vie. D'ordinaire, c'est moi qui prends les devants. Je n'ai pas l'habitude de me retrouver en présence d'une fille si sûre d'elle.

J'avoue :

— J'ai l'impression de ne pas avoir la même personne en face de moi. Je pensais que tu préférais les…

— … hommes ?

— C'est ça.

— J'aime aussi les hommes. Je sais que parfois, ça peut gêner. Ça te dérange, Charlie ?

Je repense à Nadia.

— Pas du tout.

Je mens.

— Et toi ?

— Quoi, moi ?

— Tu n'aimes que les femmes ?

J'imagine Sullivan et la façon dont il peut me troubler. Puis le visage de Sacha et ses yeux clairs apparaissent dans mon esprit… mais c'est bien de corps féminins dont j'ai envie pour le moment.

♫♫♫

Elle est venue boire un dernier verre à la maison et j'ai du mal à réaliser qu'elle se tient accoudée à l'îlot, en train de me regarder comme si elle allait me sauter dessus. Si Ben arrivait maintenant, je pense que ça pourrait le tuer. Ça serait peut-être la solution.

Elle s'avance vers moi et la boule est sur le point d'exploser. Comme elle porte des talons, je suis à peine plus grande qu'elle. Elle est faite pour moi. Mes yeux ne quittent pas sa bouche jusqu'à ce qu'elle m'embrasse. Ses lèvres sont alors sur les miennes et je ne peux m'empêcher de gémir de plaisir. J'ai voulu goûter à cette bouche pulpeuse depuis le premier instant. Nos corps sont l'un contre l'autre. Sa main s'aventure sur mon épaule, faisant glisser la bretelle de ma robe.

— Tu es si… spéciale, Charlie… murmure-t-elle en déposant une série de baisers le long de mon cou. Tu m'as fait craquer dès que je t'ai vue.

Quelle perte de temps. Si elle savait.

Je lui prends la main et l'emmène dans ma chambre. Je ne veux pas que Ben me gâche ça. J'attends depuis trop longtemps cette émotion-là. Je ferme la porte et la plaque contre le battant. Elle se tait quand je commence à caresser sa joue. Je suis la courbe de son menton et glisse vers sa gorge. Ses lèvres sont entrouvertes, une onde de chaleur me traverse. Je fais ensuite descendre ma main sur sa poitrine, pressant ma paume sur ses seins. Merde ! Elle n'a pas de soutif. Elle est aussi fébrile que moi, sa respiration saccadée parle pour elle et j'ai envie de goûter sa bouche, encore et encore. Ma langue caresse alors la sienne et je décide de l'allonger sur mon lit, juste derrière moi. Je me perds dans son cou avant d'enlever son haut et de m'occuper de ses seins.

Petits. Parfaits. Comme je les aime.

Elle a une façon de se cambrer quand j'embrasse sa peau qui m'excite au plus haut point. Elle respire la sensualité. Je descends progressivement le long de son corps, m'attardant sur son nombril. Mes doigts déboutonnent son jean et elle se relève pour m'aider à le retirer. Je prends alors un escarpin dans la main.

— Tu penses que tu pourrais les garder ?

Elle sourit en hochant la tête. J'en profite pour les glisser de nouveau à ses pieds. Je la pousse doucement vers le lit et je continue mon exploration. Mes lèvres se promènent sur son bas-ventre, s'amusant avec la couture de sa culotte… avant de remonter… puis de descendre à nouveau. Je joue avec ses nerfs, sa façon de bouger sous moi me donne de l'assurance. Ma main s'aventure entre ses cuisses et dessine de petits cercles en attendant que ma langue la remplace après avoir enlevé ce minuscule bout de tissu. Ses soupirs m'encouragent et ma bouche se fait de plus en plus pressante alors que mon majeur s'insinue en elle. D'un coup, ses mains agrippent mes cheveux, me poussant un peu plus contre elle. Je continue, sans me lasser de l'entendre gémir, jusqu'à ce que son corps entier se mette à trembler et qu'elle jouisse contre ma bouche.

♫

Sacha

On peut dire que ce footing aux aurores aura au moins eu le mérite de me calmer, de me permettre de libérer une partie de cette foutue tension que je ressens depuis quelque temps et qui est prête à me sauter à la face, n'importe quand. L'appart est toujours silencieux, Ben ronfle sur le canapé et j'ai juste enfilé un bas de survêtement après ma douche. Installé sur mon lit, je gratte les notes que j'ai réussi à composer un soir, chez mes parents, et trouve enfin l'inspiration.

Je me revois deux heures plus tôt, devant la porte de *sa* chambre, la respiration irrégulière, me demandant si je n'étais pas en train de faire une grosse connerie. J'avais tous *ses* messages dans la tête… surtout le dernier : *« J'aurais bien voulu qu'on en parle ensemble… ou qu'on parle tout court… Ça fait une semaine, Sacha… depuis l'Irlande, ça n'est jamais arrivé. Tu… tu me manques… Rap… »*

Sept jours que je ne l'ai pas vue, sept jours que je n'ai pas entendu sa voix autrement que sur un enregistrement téléphonique…

J'avais besoin de lui parler. De lui dire pourquoi je lui semble parfois si différent. De lui dire ce que j'ai en moi et qui me perturbe tant.

J'ai inspiré, tourné la poignée, entrouvert la porte et je suis resté figé. Elle était là, dans son lit, nue … magnifique… comme au matin de *notre* nuit. Sauf que cette fois, à la place de mon corps, il y avait celui d'une femme. Je n'ai pas bien distingué son visage, mais j'ai deviné que ça devait être Emma.

Je suis resté prostré, comme un pervers, à me faire du mal. Impossible de me détacher de ce spectacle. Je me concentrais juste sur *elle*… sur sa tignasse rousse, sur ses courbes, ses longues jambes encore hâlées par le soleil… et j'ai flanché. J'ai fermé la porte et me suis écroulé contre, le visage enfoui entre mes genoux, jusqu'à ce que je me décide à me bouger le cul pour aller courir.

D'un coup, un mouvement sur ma gauche me sort de mes pensées et je sens une main sur mon épaule. *Elle* me sourit. Je ralentis le rythme, mais elle me fait non de la tête, alors je continue. Je savais qu'elle m'avait manqué, mais percevoir sa présence tout contre moi me prouve que j'étais en deçà de la réalité.

Sa peau en contact avec la mienne.

Ses immenses yeux ambre braqués sur moi.

Son corps sublime sous ce tee-shirt et ce short difformes.

Ses taches de rousseur qui m'ont toujours fait craquer.

Sa naïveté sur l'ampleur de ce que je ressens.

Elle est ma plus belle relation… et je dois me rattacher à ça.

Quand j'arrête, ses doigts glissent de mon épaule à ma main qu'ils serrent tout naturellement.

— Ça va mieux ? murmure-t-elle comme si elle avait peur de la réponse.

Non !

C'est pire que tout depuis quelques heures, mais je préfère ne rien dire. Son pouce caresse alors ma paume. Des gestes simples, mais qui ce matin prennent une autre signification.

— J'ai pas aimé cette semaine sans toi, m'avoue-t-elle dans un souffle.

Je souris en faisant un mouvement de tête vers sa chambre.

— C'est pas l'impression que j'ai eue.

— Comment… comment tu sais ?

— En arrivant j'ai voulu… enfin j'avais envie… bref, je vous ai vues.

Je suis incapable de trouver mes mots.

— Oui, c'est une jolie surprise.

Bizarrement, ce n'est pas le terme que j'aurais employé.

— Tant mieux.

— Tu n'as pas répondu à ma question, insiste-t-elle.

— Je sais.

— T'es chiant.

— Je sais.

— Tu jouais quoi ?

— Un truc que j'ai tenté de composer.

— C'est triste.

— Tu trouves ?

Sa main se déplace de ma paume à ma joue.

— Qu'est-ce qui vous rend si triste, *monsieur* Sacha Bourgeois ?

Qu'est-ce que je peux lui répondre ?

Que je suis en plein doute sur ce que je ressens ? Que je voudrais juste être comme avant ? C'était tellement plus simple.

— Tu sais, j'ai bien réfléchi à toute cette histoire. Si avec Marine vous avez tous les deux des sentiments, vous allez trouver une solution. Elle a sûrement pris sa décision sous le coup de la colère. Deux personnes amoureuses ne peuvent pas rester séparées.

— T'es sérieuse, ma Charlie ?

— Oui, pourquoi ?

— Et tu crois qu'elle pensera quoi de ma sauterie avec Samia ?

— T'es pas obligé de lui dire. Et puis, quelle idée tu as eue ? grogne-t-elle en se levant d'un coup. Tu couches avec une femme alors que t'en aimes une autre. C'est complètement con.

— Peut-être que je n'étais pas vraiment amoureux de Marine.

— Ça existe, ça, être à moitié amoureux ?

— J'en sais rien. Je n'ai jamais été un spécialiste. Regarde ma relation ratée avec Caroline.

— C'est pas faux.

Je commence à rire.

— C'est pas comme si toi, c'était mieux.

— C'est pas faux non plus, grimace-t-elle.

— Tu espères qu'avec Emma...

— C'est encore trop tôt, mais j'ai ressenti quelque chose ici, m'avoue-t-elle en se touchant le ventre. Enfin. Sacha ?

— Oui ?

— Ne t'éloigne plus jamais de moi comme tu viens de le faire.

— Tu me menaces ?

— Je suis sérieuse.

Je me lève et la prends dans mes bras.

— Je ne vais nulle part...

Elle laisse échapper un soupir de soulagement et je réalise qu'elle passera toujours avant tout... avant les autres... avant *moi*.

♫

Charlie

Je suis à l'adresse indiquée. C'est une immense porte de garage ou de je ne sais quoi. Il a dû se planter, c'est pas possible autrement. Je vérifie quand même l'échange de textos de ce matin.

> Vous êtes libre ce soir à 20 heures ?

Même pas un bonjour. Même pas une signature. Du Sullivan dans toute sa splendeur.

Ça fait dix jours que j'ai terminé mon dernier stage avec lui et que je n'avais plus de nouvelles. J'étais libre toute la soirée, vu que ne n'étais pas au planning, mais je n'avais aucune envie de lui donner entière satisfaction.

> Je préférerais 21 heures

> Je ne vous ai pas demandé ce que vous préfériez,
mais si vous étiez libre.
Va pour 21 heures. 35 impasse Flaubert.

J'ai failli lui répondre qu'il pouvait aller se faire foutre, mais j'ai préféré être raisonnable.

> OK.

> Faites un effort vestimentaire.

Le pire, c'est qu'il est égal à lui-même. Ça ne devrait même plus me surprendre. Mon portable vibre et je suis persuadée que c'est lui qui s'impatiente.

> Coucou. J'ai réussi à me libérer ce soir. On peut se voir ? E.

Je suis maudite.

Ça va faire trois jours qu'on a passé la nuit ensemble et depuis, on n'a pas réussi à trouver un moment pour être ensemble. Je pensais même qu'elle essayait de m'éviter. Merde ! Je peux toujours annuler cet emmerdeur de Sullivan. Il le mériterait, en plus. Mais je suis faible.

> Ah. Désolée, c'est moi qui ne peux plus. Demain ?

> Parfait.

Je commence à lui répondre quand la porte s'ouvre et qu'il apparaît.

— J'ai failli attendre.

— J'ai failli repartir.

— Cessez votre provocation et entrez.

Je ne peux m'empêcher de sourire en me faufilant devant lui. Il porte un jean sombre et une chemise. La classe à l'état pur. Comme toujours. J'ai à peine franchi la porte que je tombe sous le charme de l'endroit. Une cour fleurie avec d'immenses baies vitrées ouvertes dans le fond.

— Ça se passe par là-bas, m'informe-t-il en me désignant ces baies.

J'avance et m'arrête devant.

— Vous attendez quoi ? Qu'on vous donne la permission ?

Je me retrouve dans un vaste loft aux murs de pierres apparentes avec des escaliers en colimaçon de tous les côtés. La hauteur de plafond est impressionnante. Cet espace est tout simplement à tomber.

— Cet endroit vous convient-il, mademoiselle Lecœur ?

— Pourquoi me conviendrait-il ?

— C'est moi qui vous ai posé une question.

— Cet endroit est magnifique.

— Une partie de ce loft sera à vous et abritera votre première exposition.

Quoi ?

Quoi ??

Quoi ???

— Fermez la bouche, c'est déstabilisant.

— Non, mais… quoi ?

— Je vous ai connue plus éloquente.

— Comment ça : ma première expo ?

— Un collectif d'artistes va prendre possession des lieux d'ici quelques mois. J'ai ajouté votre nom à la liste.

— Vous avez quoi ?

— Vous allez tout me faire répéter ?

— Vu mon état, sans aucun doute.

— Remettez-vous et essayez de vous imprégner de l'espace. Votre agencement sera ici.

Sullivan se déplace vers le fond, à gauche.

— Tout ça ?

— Ce que je vous montre, oui.

— C'est énorme.

— Pas tant que ça.

— C'est énorme !

— Il va y avoir du boulot.

— Comment je vais faire ?

— Vous allez prendre vos pinceaux et peindre.

— Non, mais je ne suis pas sûre d'y arriver. Je n'ai jamais fait ça. Et pourquoi moi ? D'autres élèves exposeront aussi ?

Je crois que j'hyperventile.

Ses mains se posent délicatement sur chacune de mes épaules et il tente de me calmer.

— Respirez ! Non, il n'y aura que vous et ça va bien se passer.

— Vous êtes fou.

— Ce n'est pas nouveau.

Je murmure :

— Merci. Au fait, pourquoi vous m'avez demandé de faire un effort sur ma tenue ?

— Parce que je vous emmène dîner.

♫♫♫

Je me souviens parfaitement de la première et dernière fois où Sullivan m'a emmenée au restaurant. On s'échappait d'un vernissage qui ne m'avait pas du tout emballée. Je m'étais préparée dans le but de l'impressionner. Juliette s'était occupée de tout. De ma robe… de ma coiffure… de mon maquillage. Je voulais lui montrer que je n'étais pas cette gamine que je devinais dans ses yeux. Deux ans après, j'en suis au même point. Comme si j'avais constamment besoin de lui prouver quelque chose. J'ai envie qu'il me voie maintenant comme la femme qu'il avait peinte.

Il me perturbe. Il l'a toujours fait.

À l'époque, je pensais qu'il m'attirait sexuellement. Le premier homme qui m'avait fait ressentir des sensations réservées aux femmes jusqu'à… jusqu'à *cette fameuse nuit.* Cette nuit où j'ai pris conscience de cette évidence… c'est comme si tout s'était mis en place. Sullivan avait juste été là pour remplir une frustration et une déception émotionnelle, alors que Sacha comblait une partie de moi.

— Vous n'êtes plus là.

Je reviens à la réalité et il se tient devant moi, son verre de vin à la main.

— Vous étiez où ?

— Pardon ?

— Puisque vous n'étiez plus avec moi, je vous demande où vous vous trouviez.

— Je réfléchissais à cette expo.

— Vous mentez très mal, mais je vais faire semblant de vous croire.

— Pourquoi moi ?

— Vous pensez que vous ne le méritez pas ?

— Je n'ai pas dit ça. Je suis surprise.

Le serveur nous apporte notre commande. Il a une façon de me regarder qui me déstabilise… comme chaque fois.

— Vous ne devriez pas.

— Vous m'aiderez ?

— Si vous vous en éprouvez le besoin, oui.

— J'en éprouve le besoin.

— Vous n'avez même pas commencé.

— Je le sais.

— Vous avez une piètre idée de vos compétences, me lance-t-il en grimaçant.

Il soupire avant de reprendre la parole :

— Sinon, je voulais vous informer que je comptais acheter une galerie. Je veux promouvoir de jeunes artistes.

— Depuis quand le grand Mickael Sullivan s'occupe-t-il des autres ?

— Depuis qu'on m'a glissé une gamine dans les pattes, il y a de ça quelques années.

— Une aubaine.

— Ça dépend pour qui.

— Et vous comptez l'ouvrir où… cette galerie ?

— Dublin.

— Dublin ?

— Vous êtes déçue, Mademoiselle Lecœur ?

— Pas du tout.

— Vos yeux disent le contraire. Ils vous trahissent… Ils vous trahissent toujours. Apprenez à les contrôler.

— Vous avez toujours mon portrait ?

Il lâche sa fourchette. J'ai réussi à troubler le grand Mickael Sullivan. J'aurais presque envie de danser au milieu du restaurant, mais je reste digne. *Une femme, Charlie, pas une gamine.*

J'en profite pour le fixer droit dans les yeux. Une sorte de bataille silencieuse que je me joue sûrement toute seule.

— Oui.

Il ne dit rien de plus. C'est sa façon de reprendre le contrôle. Il m'embarque dans mon propre piège. Nous ne jouons définitivement pas dans la même catégorie. J'ai envie d'en savoir plus, mais j'ai peur de ne pas être capable d'entendre les réponses.

— D'autres questions ?

— Non !

Il se contente de sourire comme s'il s'attendait à ce que j'abandonne rapidement. Je sais qu'un jour je réussirai à lui tenir tête. Je serai assez forte pour lui faire face…

♫

Sacha

Ben lève son verre.

— Ce soir, mec, c'est notre soirée. Juste nous…

— Juste nous.

J'ai bossé toute la journée au garage et je ne suis au planning du *Black Out* que demain. Quand je suis rentré à l'appart, j'ai trouvé Ben, ses clés de voiture à la main, m'empêchant d'avancer en chantant qu'on sortait et qu'il s'en foutait que j'en aie envie ou non. Je sais que lorsqu'il est ainsi, il est inutile d'essayer de négocier. C'est comme ça qu'on se retrouve au bar « Au fût et à mesure ». Le concept : plus on tire, moins c'est cher. Ben l'a découvert il y une semaine et ne jure plus que par lui. Ici, on se sert soi-même. Des tireuses à bières sont installées sur chaque table avec un système de cartes prépayées. Ben veut qu'on les teste toutes. On est bien partis, en tout cas. Charlie m'a averti qu'elle passait la soirée avec Sullivan et je vais faire semblant de croire que ça ne me fait rien. Durant quelques heures…

— T'es trop sérieux, ces jours-ci, se plaint Ben. On est jeunes, on est beaux gosses, on devrait être en train de s'éclater et de draguer des filles au lieu de se lamenter. Ce putain de monde nous appartient, mec !

Je le regarde débiter ses phrases en brandissant son verre comme s'il était, tel Martin Luther King, en train de déclamer le discours du siècle. Je ne peux m'empêcher de rire. Je ne suis pas le seul. Les trois filles de la table à côté se marrent aussi, et il n'en faut pas plus à Ben pour faire son show.

— Eh oui, mesdemoiselles, nous sommes de nouveau sur le marché, avec mon pote. Mais attention, nous ne sommes pas des hommes faciles, hein ? Surtout moi. Non, j'déconne ! Un mot de votre part et je suis à vous. Enfin, pas tout de suite. Parce que d'abord, je passe la soirée avec ce type... mais ensuite, on peut s'arranger.

Elles rient toujours quand Ben finit son verre et s'en ressert un dans la foulée.

— Allez, Sacha ! On rentrera en tacos.

Je sais que ce n'est pas une bonne idée, mais je décide de m'en foutre. Il a raison ! Durant quelques heures...

♫♫♫

Je ne compte plus les bières qu'on vient de s'enfiler. Je ne compte plus non plus les aller-retours que j'ai dû faire pour me vider. Je ne compte plus les fous rires, les verres qu'on a fait s'entrechoquer pour trinquer, les sourires que nous ont lancés les filles de tout à l'heure. Ben me tient par l'épaule.

— Comment tu gères avec les filles ? Depuis que je te connais, t'as même pas besoin de discours, elles viennent direct. Et moi, je suis obligé de parler, parler, parler... pour rien, la plupart du temps.

— C'est peut-être ça le souci, tu causes trop.

— Tu crois ? Vous pensez que je parle trop ? demande Ben à la fille qui se trouve le plus près de nous.

— Moi, tu me fais rire.

— Je te fais rire ? répète-t-il surpris. Mais genre, c'est bon signe ou genre t'aimerais juste m'avoir comme copain pour t'amuser de temps en temps ? Parce que je sais aussi être hyper sérieux.

— Faut voir.

Ben prend une serviette de table et gribouille son numéro.

— Tiens. Si jamais t'as envie de voir de plus près. Merde ! Là je suis allé trop loin, non ? C'est maintenant qu'il faut que je la ferme ?

J'en peux plus de lui.

Elles se lèvent et la fille en question lui murmure quelque chose à l'oreille avant de partir. Elle laisse un Ben léthargique. Je le secoue pour le faire réagir.

— T'es dead, mec ?

— Elle vient de me dire qu'elle aimerait voir de beaucoup plus près. Je pense que j'ai joui à l'instant dans mon calbut.

— Tu fous quoi ? Vas-y ! T'attends ce genre de trucs depuis que tu dois avoir douze ans et que tu fantasmais sur les seins de ta nounou.

— Mme Rousti ? Elle devait faire du 100 G. Je rêve toujours de me perdre entre ses nichons.

— Moi, bizarrement, sa moustache me freinait.

— Tu ne sais pas ce qui est bon.

— Explique-moi pourquoi t'es encore avec moi ?

— J'ai dit quoi ? Juste nous ! Puis je vais la faire patienter un peu.

— T'as même pas son numéro.

J'ai à peine fini ma phrase qu'il est déjà debout en train de courir vers la rue que les filles ont empruntée. Il revient cinq minutes après, essoufflé.

— Merde !

— Tu les as perdues ?

— J'ai aussi perdu mon poumon droit. J'suis un boulet. Et si elle ne me rappelait jamais ?

Je lui tends son verre en souriant.

— Tiens ! Elle le fera.

Il enfouit son visage entre ses mains et reste comme ça un petit moment.

— Un problème ?

Il inspire et me fixe sérieusement, les larmes aux yeux.

— J'en peux plus, Sacha. Je n'y arrive plus.

— Comment ça ?

— À être ce type.

— Quel type ?

Je ne comprends pas du tout où il veut en venir.

— J'ai juste envie de passer une bonne soirée. D'être ce type cool qui drague les filles, qui leur court après. Celui qui n'est pas en train de crever à petit feu parce que sa meuf l'a largué. Elle me manque tellement, m'avoue-t-il, la voix tremblante.

— Je sais, mec.

Je le prends dans mes bras. Je pense que l'alcool triste va l'emporter sur tout le reste, maintenant.

— Toi aussi, non ?

— De quoi ?

— Marine.

J'observe Ben, le désarroi dans son regard, et je me dis que Marine ne m'a jamais fait ressentir ça. Je l'ai cru à un moment, mais ça n'a rien à voir. Ça va faire six mois que Zoé l'a quitté et il en est toujours au même point.

— Ça se voit. T'es plus le même. Je te connais.

— On va rentrer.

— Faut que je l'appelle ! s'écrie-t-il en sortant son téléphone de sa poche.

— J'ai cru que tu n'avais pas son numéro.

— Je ne l'ai jamais effacé. Je t'ai menti. Je n'ai pas pu.

— Tu veux appeler qui, là ?

Je commence sérieusement à douter.

— Zoé. Je dois lui dire que c'est la femme de ma vie.

Non ! J'arrive à lui prendre le portable des mains, de justesse.

— Sacha, tu fous quoi ?

— Je t'empêche de faire une énorme connerie.

♫♫♫

Une fois rentrés, en taxi, j'ai couché Ben. Il m'a répété cent fois à quel point il aimait encore Zoé et combien il m'aimait, moi… et les seins de Mme Rousti. J'ai compris que j'avais trop picolé à la façon dont ma tête tournait quand j'ai monté les escaliers. Le brossage de dents a été un peu chaotique et je me suis à nouveau marré en me souvenant de Ben et cette fille au bar.

Je me déshabille en vitesse, j'enfile un caleçon et j'arrive enfin à m'allonger sur le lit. J'ai vraiment l'impression que le plafond bouge… ou alors c'est moi… ou peut-être les deux. Ça fait un moment que je n'avais pas autant abusé de la bouteille. Je m'installe tranquillement et *la* remarque. Merde ! Qu'est-ce qu'elle fout là ? Un filet de lumière passe par le volet et éclaire une partie de son corps. Elle me tourne le dos. Mon regard se pose sur sa nuque et ses épaules nues. Mes doigts glissent naturellement de son cou à son bras. Je ne suis pas sûr que mon état alcoolisé soit une bonne chose dans un moment pareil. J'essaie de me rappeler pourquoi je ne peux pas me pencher sur elle et l'embrasser. J'en meurs d'envie. Je peux au moins me rapprocher et la sentir plus près de moi. Tout doucement, je me déplace pour que nos corps se touchent et l'enlace. Voilà. Je tente de me convaincre que tout est normal.

Que c'est parfaitement normal de respirer sa peau.

Que c'est parfaitement normal que mon pouce dessine des cercles sur sa hanche.

Que ma bouche frôle son épaule.

Que ça me plaise autant de la sentir se cambrer contre moi.

Tout se bouscule dans ma tête et je n'arrive pas à faire le tri. D'un coup, un frisson me traverse quand elle commence à rouler sur le dos et se tourne vers moi. Je ne bouge plus. Ma respiration s'accélère et mes yeux se concentrent sur sa bouche qui fonctionne sur moi comme un aimant.

C'est de la torture.

J'ai envie de savoir si j'ai idéalisé cette nuit-là. J'ai envie d'elle, de la sentir, de la marquer. J'ai peur de tout gâcher parce que je n'ai pas la moindre foutue volonté. Ses paupières tressautent comme si elle était en train de rêver. Je tente de deviner avec qui elle peut être dans ses songes. Emma ? Sullivan ? Rien que de les imaginer ensemble, j'ai une boule qui se forme à l'intérieur de moi.

— Sacha... souffle-t-elle et mon cœur explose.

Elle dort toujours ? Elle pense à moi dans son sommeil ?

L'entendre murmurer mon nom et pas celui de Sullivan ou d'Emma me fait sourire plus que je ne devrais. Sa jambe se glisse entre les miennes et je sais que je suis sur le point de craquer. J'ai envie qu'elle redise mon nom. J'ai envie d'être dans ses pensées... constamment.

Tout à coup, ses yeux se posent sur les miens. Elle se réveille, surprise, perdue. Je lui caresse la joue pour la rassurer... parce que, finalement, c'est ma priorité.

— Tout va bien. T'as dû t'endormir dans mon lit.

Ses idées doivent se remettre en place, mais son regard me perturbe. Elle ne me regarde pas comme d'habitude... ou alors l'alcool me fait vraiment perdre la tête.

— C'était bien, ta soirée ? me demande-t-elle.

— Oui.

— T'étais avec Ben ?

— Oui.

Elle semble rassurée.

— Et la tienne ?

Nous sommes toujours presque l'un sur l'autre et je n'ai absolument pas envie de bouger.

— Surprenante.

— Surprenante ?

— Sullivan me propose une expo.

— Tu déconnes ?

— Non.

— Félicitations, ma Charlie,

Alors que mes mots restent en suspens, elle pose sa tête sur mon torse en bâillant.

— Merci. Bonne nuit, Sacha.

Bonne nuit.

J'essaie de me convaincre que tout est normal.

♫

Charlie

Je descends au radar après avoir retrouvé le lit vide de Sacha ce matin. Je me fais agresser d'entrée de jeu :

— T'as une sale gueule, Lecœur !

— Ferme-la, Garnier !

Je passe à côté de lui, installé au bar avec un bol sous le nez, et me dirige vers la cafetière.

— Tu sais où est Sacha ?

— J'ai cru l'apercevoir en tenue de footing.

— Ah. Quand ?

— J'ai une tronche d'agenda ?

— Ça m'aurait étonnée que tu puisses me servir à quelque chose.

Je fouille dans le placard pour en sortir un paquet de brioches.

— Et avec la jolie Emma, t'en es où ?

Un sourire se dessine sur mes lèvres.

— Je le savais. Elle aime les femmes, se rassure-t-il comme il peut.

J'ai envie de lui balancer qu'elle aime aussi les hommes, mais quelque chose dans son regard m'avertit que ce n'est pas le bon moment.

— Ça va, toi ?

— Yep !

— Vous avez fait quoi, hier ?

— On est sortis. On a bu, dragué… la routine, quoi.

— Et la routine a été fructueuse ?

— Tu doutes de nos talents ?

— Pas de celui de Sacha, non !

Il fixe son bol en silence et sa voix prend une intonation plus grave.

— T'as de ses nouvelles ?

Zoé. Je pressentais qu'on devrait bientôt l'évoquer. Je ne suis pas sûre qu'au réveil, ça soit une bonne chose.

— Oui.

— Elle est toujours avec lui ?

— Oui.

— Elle te parle de moi ?

Son regard me retourne. Il est à la fois triste et inquiet… comme s'il avait le monde entier à porter. Je n'aime pas la réponse que je vais devoir lui donner.

— Je suis désolée.

— Laisse tomber.

— Ben, je…

— Laisse tomber, je te dis, répète-t-il. Je monte me doucher.

Je réalise qu'il en bave toujours. Malgré ses sourires, sa provocation, sa façon de draguer tout ce qui bouge, c'est juste un fichu leurre. C'est comme s'il avait en permanence un masque, pour nous rassurer… et sûrement se rassurer lui-même.

— Si tu veux te venger, je laisse la porte ouverte ! hurle-t-il de la salle de bain.

Qu'est-ce que je disais ?

Je m'installe à mon tour sur le tabouret avec ma brioche et mon café quand je reçois un texto.

> Toujours OK pour ce soir ? Chez moi ? E.

Je souris en le lisant. J'ai encore ces petites bulles dans le ventre qui confirment ce que j'ai ressenti la dernière fois. Alors que je commence à lui répondre, la porte s'ouvre sur un Sacha essoufflé. On dirait qu'il vient de tout donner. Il me fait un signe de la main, enlève son tee-shirt et s'essuie le visage avec. Sans un mot, il passe à côté de moi, prend une bouteille d'eau et se met à la vider. Ses cernes sont creusés, il semble fatigué.

— T'es vanné ?

Tout en continuant à boire, il hoche la tête.

— T'as bien dormi ?

— Pourquoi cette question ?

— Je ne sais pas. Juste, t'as l'air KO.

— Je viens de courir une heure, Charlie. T'es rarement frais dans ce cas-là.

— Tu bosses, ce soir ?

— Oui. À partir de 18 heures et jusqu'à la fermeture.

— Je passerai la soirée avec Emma.

— Pas de souci.

— Au fait, ça allait hier, Ben ?

— Ben ?

— Oui, souviens-toi, le type relou qui squatte notre canapé.

— Pourquoi ?

— Je ne sais pas. Une impression ce matin qu'il n'était pas au top.

Il pose la bouteille vide sur le comptoir et s'approche doucement de moi.

— Il est dans une phase compliquée. Entre Zoé, son école…

— J'aimerais pouvoir l'aider.

— Charlie Lecœur au secours de Benjamin Garnier… Je ne pensais pas voir ça de mon vivant, se marre-t-il en me piquant un bout de brioche.

— Surtout, ne l'ébruite pas.

— Promis.

— Je devrais appeler Zoé ?

— Non.

— Non ? Et c'est tout ?

— Tu veux que je te dise quoi ?

— Je ne sais pas. N'importe quoi, mais pas juste ce *non*. Il m'angoisse.

— Il est surtout approprié. Ça ne servirait à rien. Il est fou d'elle et elle est passée à autre chose. Fin de l'histoire.

— Parfois, je me demande pourquoi on s'emmerde comme ça.

— À quoi ?

— À tomber amoureux.

— Ma Charlie, sourit-il en me caressant les cheveux avec une infinie tendresse.

— Non, mais c'est vrai. Regarde-nous. On en est tous les trois le parfait exemple. Je suis complètement en flippe depuis Nadia, Ben pense toujours qu'il va pouvoir récupérer Zoé et toi… toi, tu n'es plus du tout le même…

— Jusqu'à la prochaine personne… celle qui te fera oublier pourquoi tu ne voulais plus aimer.

Son regard est doux et rassurant.

— C'est encore la réplique d'un film ?

— Sûrement, me lance-t-il avec son sourire « boule à facettes ».

— Ça faisait longtemps… ce sourire. Il m'avait manqué.

Il m'embrasse sur la joue en se marrant avant de s'éloigner vers les escaliers.

— Tu vois, tout n'est pas perdu.

♫♫♫

Sullivan a encore fait du Sullivan pendant que je me préparais pour aller chez Emma.

— *Oui ?*

— *Rejoignez-moi rapidement. J'ai oublié hier de vous parler de quelque chose d'important.*

— *Je suis occupée.*

— *Ce n'est pas mon problème. Je vous attends au 18 rue de la Roquette. Dernier étage.*

— *Je…*

Et c'est là qu'il a raccroché, que j'ai hurlé à la mort dans la salle de bain et que Ben a déboulé, paniqué :

— Un souci ?
— Bien sûr. Tu penses que je crie pour mon plaisir ?
— Oui. Tout le temps.
Son regard de pervers m'a alors fait comprendre le sens de ma phrase et j'ai fermé la porte sans rien dire.
C'est comme ça que je me retrouve une fois de plus à l'adresse qu'il m'a indiquée. Parce qu'au final, bien que Sullivan soit l'être le plus insupportable qui puisse exister, il m'attire. Ce que d'ailleurs je ne lui avouerai jamais.
Je sonne en me demandant ce qu'il a bien pu oublier de me dire et en espérant que ce ne soit pas trop long. Il m'ouvre, torse nu, vêtu d'un simple pantalon en toile.
— Mademoiselle Lecœur.
— Mon…monsieur Sullivan…
— Vous comptez rester sur le palier ?
— Je préférerais. Ça voudrait dire que la conversation sera rapide.
— Vos yeux vous…
— Quoi ? J'en ai deux et ils…
— Ne soyez pas grossière.
— Je n'ai encore rien dit.
— Justement.
C'est quoi, son truc ? Il a un don pour lire dans les pensées ?
Il me laisse passer et j'ai l'impression d'être dans la réplique exacte de son atelier. Toute cette lumière. Cet espace.
— Pourquoi je suis ici ?
— Parce que je vous ai demandé de venir.
— Les gens font toujours ce que vous leur demandez de faire ?
— Oui.
— Ce n'est pas lassant ?
Il s'approche doucement de moi et je mesure alors toute sa puissance.
— Vos sempiternelles questions sont lassantes.
Je me demande soudain quel âge il a, s'il a encore de la famille. J'ai du mal à le voir vivre comme tout le monde, aller boire un coup avec des amis. Ce type n'est pas humain.
— Vous avez perdu votre langue ?

Pourquoi dans sa bouche, cette phrase est-elle légèrement déstabilisante ?

— Vous avez perdu votre tee-shirt ?

— C'est donc ça qui vous perturbe ?

— J'ai peur que vos tétons m'agressent.

Plus je tente d'échapper à son emprise et plus il avance. Je me trouve contre la porte, entre ses filets. Il est si près qu'il n'a plus qu'à se pencher pour m'effleurer… ce qu'il fait. Ses lèvres frôlent mon oreille.

— Oh, mademoiselle Lecœur, cette partie de mon corps devrait être le dernier de vos soucis.

Je manque d'air.

Sans un mot, il tend le bras pour récupérer un jeu de clés qu'il me tend.

— Tenez !

— C'est quoi ?

— Une raquette de tennis.

— Vous êtes insupportable !

— Alors, cessez vos questions inutiles.

— Pourquoi ces clés ?

— C'est mieux, soupire-t-il. C'est pour préparer votre expo. Je me suis dit que vous auriez besoin d'un espace autre que l'école.

Voilà, il a le don, en quelques secondes, de me faire passer de l'état « j'ai envie de lui faire mal » à « mais pourquoi il fait tout ça pour moi ? ».

— N'allez rien vous imaginer, mademoiselle Lecœur. C'est juste que j'ai misé sur vous pour cette expo et je n'aime pas être déçu.

Qu'est-ce que je disais ? Ce type est un mystère.

— Vous claquerez la porte ! lâche-t-il en faisant demi-tour pour s'enfoncer dans l'atelier.

Je fixe les clés et réalise enfin ce qu'il m'offre. Puis mon regard se pose sur une grande horloge qui m'indique que je suis à la bourre. Je pivote et claque la porte comme il me l'a si *gentiment* demandé.

♫

Sacha

Je fixe mon téléphone depuis trop longtemps.

> Je reste chez Emma cette nuit. <3

Ne pas penser que ça me gonfle. Ne pas penser à leurs deux corps enlacés.

Ne pas penser à cette nuit où j'ai failli craquer.

Il faut que j'arrive à faire abstraction de tout ça. J'en suis capable. Il suffit juste que je me concentre sur le rangement du bar. Tout le monde est parti, il n'y a plus que Roxanne qui nettoie le comptoir et Samia qui n'a pas bougé de son bureau de la soirée. Mon attention est attirée par un type, à la porte.

— Mince, c'est Stan, lance Roxanne en accélérant son mouvement.

— Vas-y ! Je finirai. Il ne reste plus grand-chose.

— Sûr ?

— Oui.

Il ne lui en faut pas plus pour filer dans la réserve et sortir en trombe. Je verrouille derrière elle pour éviter les relous qui n'auraient pas capté que le bar est fermé et je continue de m'activer. Alors que je termine de ranger les verres, Samia se décide enfin à quitter sa tanière. Elle a l'air au bout de sa vie.

— Ça va ?

— J'ai connu mieux, soupire-t-elle en s'installant sur un tabouret.

— Il ne lâche pas l'affaire ?

— Non. Mon avocat est sur le coup. Tu penses que tu peux me servir un truc ? Fort.

Je ne l'ai jamais vue picoler depuis deux ans que je bosse avec elle. Sans rien dire, je sors deux verres à shots et les remplis d'un rhum ambré.

— Merci, marmonne-t-elle avant de s'enfiler le shot cul sec et de me tendre à nouveau le verre.

Je la dévisage, surpris, mais l'imite et nous ressers en silence. On en enchaîne quatre ou cinq à la suite, sans parler, juste le bruit des verres qui résonnent sur le comptoir. J'évite de penser que je suis venu en moto et qu'il va encore falloir que je me démerde. Elle contourne le bar et se dirige vers moi.

Son regard ne me lâche pas. Elle se hisse sur la pointe des pieds pour se mettre à ma hauteur.

— J'ai très envie de toi, murmure-t-elle en mordant le lobe de mon oreille.

— T'as cru que j'étais une sorte de sex-toy humain ?

Je m'attendais que ça la refroidisse et qu'elle abandonne, mais sa main s'aventure sous mon tee-shirt. Je sais que c'est une mauvaise idée.

— C'était bien, la dernière fois, insiste-t-elle.

— C'était bien jusqu'à ce que tu me jettes.

— Je ne t'imaginais pas aussi sensible.

Je m'écarte en râlant.

— Laisse tomber.

Sa main s'accroche à mon poignet pour me rattraper.

— Pardon. Je n'ai pas su gérer… Je pensais que ça serait plus simple.

— Plus simple pour qui ?

— Pour nous deux. Juste du sexe pour du sexe.

— Du sexe pour du sexe n'implique pas forcément d'être désagréable après, Samia.

— Tu veux quoi ?

L'image de Charlie et Emma en train de s'embrasser m'arrive comme un boomerang.

— Sacha ?

Je sens sa poitrine appuyée contre mon torse.

Ne plus penser. Ne plus réfléchir.

Et mes lèvres se jettent sur les siennes dans un sentiment de besoin absolu. Elle a le goût du rhum – ou peut-être que c'est moi. Mes mains emprisonnent son visage et je l'embrasse avec toute la rage que je garde en moi depuis des jours. Je la bouscule contre le comptoir et me colle contre elle pour qu'elle sente à quel point je suis excité. Ma main glisse sous sa robe et mes caresses se font plus précises entre ses cuisses. Elle pousse un gémissement quand j'écarte le bout de tissu pour laisser mes doigts s'y faufiler. Il n'en faut pas plus pour qu'elle tire mon tee-shirt par-dessus ma tête et me morde la lèvre inférieure. Elle sourit. Elle aime ça. Je la retourne et place ses mains contre le bar.

— Accroche-toi.

En quelques mouvements, je lui retire son string, baisse mon jean, mon boxer et je réalise soudain que je n'ai pas de capote à proximité.

— Merde !

— Dans la poche de ma robe.

Je ne cherche pas à comprendre. Je l'attrape et l'enfile. Elle m'a dit la dernière fois qu'elle n'était pas en sucre, alors je vais la prendre au mot... et la prendre tout court. Là, contre ce comptoir... sans préliminaires...

Juste pour ne plus penser. Ne plus réfléchir.

Qu'elle soit mon putain d'exutoire.

Comme l'impression que chaque coup de reins me soulage... un peu. Mais ce *un peu* est déjà beaucoup plus que ce que je pouvais espérer. Ses cris et gémissements se propagent dans le bar silencieux jusqu'à ce que je jouisse à mon tour.

♫

Charlie

Je viens de passer une soirée et une nuit enivrantes et je me suis esquivée à l'aube avant de ne plus pouvoir repartir. Je ne veux rien précipiter. Je suis étonnée de découvrir le canapé vide. Depuis que Ben squatte chez nous, il n'a pas découché une seule fois. Je vais vérifier machinalement la chambre de Sacha... où je le trouve en train de pioncer. Hier, il était de fermeture et il ne va pas émerger avant quelques heures. Je m'approche, mes baskets à la main, m'assieds au bord du lit et le regarde dormir. Il ne sait pas que je fais souvent ça avant de m'endormir quand je rentre après lui. C'est comme un rituel. Certains ont les moutons, d'autres la tisane, moi j'ai Sacha. Il est allongé sur le ventre, torse nu... Sa peau mate contraste avec ses draps clairs... et ma respiration se cale sur la sienne.

Une. Deux. Trois.

Inspiration.

Une mèche lui tombe sur le front. J'hésite d'abord à le toucher puis la fais glisser naturellement sur le côté. Les traits de son visage sont détendus, sa bouche parfaitement dessinée, légèrement entrouverte, et je revois le garçon de la *Cité* qui m'a tout de suite captivée. Je me fais toute petite et me couche près de lui.

Une. Deux. Trois.

Inspiration.

Et je sombre dans le sommeil à mon tour.

♫♫♫

La voix agacée de Sacha me sort de mes rêves et des mots me parviennent : « Où ? T'es pas sérieux ? Oui. OK. Ma moto est au *Black Out*… »

Mes paupières se soulèvent difficilement et je le découvre debout, en caleçon, une main appuyée au mur. Il se retourne d'un coup et son regard se pose sur moi. Son agacement laisse la place à un léger sourire tandis qu'il continue d'écouter son interlocuteur. Il lève les sourcils en secouant la tête avant de raccrocher.

— Je parierais une tournée de shots que c'était Ben.

Il vient s'assoir pile à l'endroit où je me trouvais hier soir.

— Il est dans un squat sur Nîmes.

— Nîmes ? Mais c'est à cinquante bornes !

— C'est ça ! Il n'a pas de voiture, il faut que j'aille le récupérer.

— Mais quel boulet !

— Je file prendre une douche et j'y vais.

— Je t'accompagne.

— T'es pas obligée.

— Je sais bien. Mais je n'ai rien trouvé de mieux, un dimanche, que d'aller sauver les fesses de ce trou de balle de Benjamin Garnier.

♫♫♫

C'est comme ça qu'on se retrouve dans la Clio de Ben avec Eminem s'égosillant dans les enceintes. Il fait chaud pour un mois d'octobre et ça me rappelle l'été et les vacances à la plage. Je porte le panama que m'a offert Zoé pour mes dix-huit ans ; Sacha ne se sépare pas de ses lunettes de soleil.

— Pas trop dur le service, hier ?

— Ça allait. Pas grand monde pour un samedi.

— Et avec Samia ? Pas trop tendu ?

Je remarque un rictus au coin des lèvres.

— Si on peut dire.

— Comment ça ?

Son sourire est de plus en plus flagrant. Il commence à se marrer et je comprends.

— Non ? Non ? Non ?

— Si ! Si ! Si !

— Mais pourquoi ?

— Pourquoi pas ?

— Ce n'est pas une réponse valable, Sacha Bourgeois.

— Non, mais c'est la seule que j'aie.

Je n'en reviens pas. Et ça le fait rire, en plus !

— Mais quand ?

— Après le service.

— Le bar est devenu le nouveau baisodrome à la mode ?

— Le comptoir, pour être plus précis.

— T'es malade ! Je ne veux pas les détails.

Son rire envahit tout l'habitacle de la voiture et je me sens oppressée. Dire qu'il venait de se taper Samia quand je l'ai rejoint dans sa chambre hier soir…

— Et toi ? Emma ?

Bon, j'avoue, on était quittes sur ce coup. Je grogne :

— Bien !

On s'arrête à un feu et il se tourne vers moi avec un grand sourire.

— Tu ne vas pas m'en vouloir parce que j'ai couché avec Samia ?

— Si ! C'est notre boss. C'est pas sérieux !

— Et alors ? Je gère.

— Tu comptes recommencer ? Je veux dire : c'est, genre, ton plan cul ?

— Je ne sais pas. On n'a rien programmé. Je sais juste qu'on s'accorde bien de ce côté-là.

— Ravie de l'apprendre.

Alors que le feu passe au vert, j'en profite pour éteindre la clim et baisser la vitre. J'ai besoin d'air.

— T'es rentrée vers quelle heure ? me demande-t-il pour revenir à mon cas.

— 6 heures, je pense.

— Je ne t'ai même pas entendue.

— Nope. Samia a dû te crever.

J'ai à peine fini ma phrase que son rire éclate à nouveau. Je devrais être rassurée, mais je ne peux pas m'empêcher d'être contrariée qu'il ait décidé de passer du bon temps avec Samia. Samia ! Celle qui nous file notre salaire tous les mois. Celle qui est aussi aimable qu'un pitbull. Et elle est vieille en plus. Pas du tout faite pour lui.

— On va bientôt arriver, me prévient-il en vérifiant son GPS.

— Et Marine ?

— Quoi, Marine ?

— Tu laisses tomber ?

— Je te rappelle que c'est elle qui m'a laissé tomber.

— Tu pourrais te battre.

Il freine d'un coup et se range sur le bas-côté avant de se tourner vers moi, agacé. Il me fixe par-dessus ses lunettes ; ses yeux bleu-vert que j'ai toujours trouvés trop clairs sont durs.

— C'est quoi le souci, Charlie ?

— Quand on est amoureux, on n'abandonne pas.

— Je. N'aimais. Pas. Marine.

— Quoi ? Comment ça ?

— Je pensais l'aimer… mais non !

— Tu pensais l'aimer ?

— J'aimais notre relation. Sa stabilité. Mais pas elle…

— Et tu l'as réalisé quand ? Entre deux baises avec ta boss ?

— Je te le répète : c'est quoi le souci, Charlie ? Tu devrais être soulagée, non ? Je ne vais plus m'apitoyer sur mon sort. C'est pas ce que tu voulais ? Retrouver l'ancien Sacha ?

— Elle te fait du bien ?

— C'est ça ! On se fait mutuellement du bien.

— Je parlais d'ici…

J'appuie ma paume sur son torse.

— Est-ce qu'ici, elle te fait du bien ?

Son regard se pose sur ma main.

— On verra bien. Mais j'espère.

DE NOS JOURS...

Charlie

Je me retrouve seule dans mon ancienne chambre que mon père a réaménagée avec Anna, la femme qui partage maintenant sa vie. C'est une photographe anglaise qu'il a rencontrée en reportage, il y a de ça quelques années. Ils vivent parfois ici, parfois là-bas. Cette semaine, ils sont absents et je trouve cette vieille maison terriblement calme. D'habitude, la solitude ne me dérange pas. Quand je peins, je peux rester des heures et des heures dans ma bulle. Mais depuis que Sacha m'a laissée sur cette falaise, depuis que ses doigts se sont éloignés des miens, j'ai du mal à retrouver mon souffle. Je n'aurais pas été contre un peu de compagnie. Le souci, c'est que lorsque j'ai besoin de parler ou de ne pas être seule, c'est toujours vers *lui* que j'ai envie de me tourner. Ça va faire dix ans que je me tourne vers le vide.

Dix ans que je n'ai pas entendu le son de sa voix. Que je ne peux plus le toucher.

Dix ans qu'il a créé un trou béant en moi.

Je me doutais qu'on ne pourrait pas être *comme avant*… même si une partie de moi l'espérait très fort. Cet infime espoir qui vient d'éclater en morceaux. Je le revois, immobile devant cette étendue, et son visage fermé et indéchiffrable me rappelle que je l'ai perdu.

Je fixe ce balcon depuis bien trop longtemps. Chaque fois que je fais un pas pour m'en approcher, j'en fais deux pour m'éloigner. Je pensais que j'étais prête. Je me trompais. Bono me susurre des mots que je n'ai pas forcément envie d'entendre…

I spend my whole time running
He spends his running after me
When I feel myself going down
I just call and he comes around
But for the first time I feel love[1]

---

[1] *The First Time*, (1993).

… et les souvenirs s'immiscent dans mon esprit sans avoir été invités.

Nous à la cabane… Nous allongés sur la plage à fixer le ciel… Nous en train de danser chez monsieur Pouillet…

Nous en train de nous réconforter…

Nous en train de rire…

Nous en train de nous embrasser… Juste nous… flottant avec les nuages… nous… contre le reste du monde.

J'évite de réfléchir plus longtemps et me retrouve à traverser ces quelques mètres qui me séparent de lui. Malheureusement, pour la première fois, la fenêtre est fermée. Je tape, regarde à l'intérieur, mais il n'y a personne. Mes jambes lâchent et je m'assieds, essayant de donner un nouveau rythme à ma respiration. Je plonge ma tête entre les genoux et j'attends… J'attends qu'il daigne se souvenir que j'existe.

♫

Sacha

Qu'est-ce que je fous ? J'erre depuis au moins deux heures. Depuis que je suis descendu de la falaise et que je suis monté sur ma moto. Ça m'évite de penser à des choses auxquelles je ne devrais pas penser.

Maman.

Elle.

Me concentrer sur la route, les virages… les accélérations… le bruit du moteur.

Lorsque je m'arrête enfin, la nuit est tombée. Je me retrouve devant la maison. Cette maison qui sera vide d'elle, pour toujours. Je ne veux pas. J'aimerais qu'elle soit toujours en train de lire dans la véranda quand je rentre. Qu'elle me sourie en me voyant.

Qu'elle me dise que je ne dois pas être si dur avec Charlie, que je devrais lui laisser une chance. Que notre relation est au-dessus de tout ça. Au-dessus des autres, au-dessus des convenances, au-dessus de nous-mêmes.

Malheureusement, quand je passe la porte de la véranda, il n'y a personne. Papa m'a laissé un mot pour me dire qu'il avait pris son cachet pour dormir, que je ne m'inquiète pas.

Comment je pourrais ne pas m'inquiéter ? Imaginer qu'il va se retrouver seul, perdu…

Je monte les escaliers, allume mon iPod et me couche, les mains derrière la tête, fixant le plafond jusqu'à ce que mon visage se tourne machinalement vers ma porte-fenêtre. Je distingue une ombre qui ne devrait pas s'y trouver. Mon cœur s'emballe. Ma première réaction est de me lever, puis je retrouve la raison. Qui me conseille de rester là. De ne pas bouger. De ne pas foncer droit sur les problèmes. Je n'ai pas assez de force, de toute façon.

Pour lutter. Pour me voiler la face. Pour la rejeter.

Je ferme les yeux et tente de faire comme si. Comme si elle n'était pas revenue. Comme si elle ne faisait plus partie de moi depuis dix ans. Comme si aucun lien incontrôlable ne flottait entre nous.

Quand j'ouvre les paupières, la même chanson continue de tourner. J'ai mis le mode *repeat* sur *Sound of Silence* de Simon & Garfunkel. La chanson que papa a choisie pour lui dire au revoir. C'est ma façon de refuser de lui faire mes adieux. Je ne suis pas prêt. Alors j'écoute cette mélodie… encore et toujours. À cet instant, c'est la tristesse qui prend le dessus. Parfois, c'est la colère, la violence ou cette putain d'injustice qui me donne juste envie de hurler. Les émotions se mélangent. Ça fait mal et on se dit qu'on doit vivre avec… tout le temps… Mon portable m'indique que j'ai dormi plus de trois heures et, quand mon regard se pose encore sur la fenêtre, je réalise qu'elle ne s'est pas déplacée. Ce n'est peut-être pas elle. Je me lève, vais ouvrir la fenêtre et je la vois. Assise contre le mur, la tête enfouie entre ses genoux. Elle ne bouge pas. Elle doit dormir. Je me contente de m'asseoir à ses côtés. Je cale mon corps juste assez près d'elle pour que nos jambes puissent se frôler et je fais comme si ce contact ne me faisait rien. Je me concentre sur sa respiration et je me sens enfin apaisé.

♫♫♫

J'éprouve une douleur aux jambes quand je tente de m'étirer. J'émerge : son visage est posé sur mes cuisses, les bras emprisonnant mon genou, ce qui m'empêche de bouger. Ses cheveux ont toujours la même teinte. J'avais peur qu'elle ne décide un jour de les teindre pour coller à je ne sais quelle mode. Ils sont un peu moins longs que la dernière fois… Dix ans… Ma main vient naturellement se perdre dedans. Ils sentent l'été. Ils sentent Charlie. Mes yeux glissent maintenant sur son visage et sur toutes ses taches de rousseur. Je réalise que son tee-shirt remonte un peu et laisse apparaître une ligne de peau dorée. Sa respiration gonfle sa poitrine et je préfère ne pas m'y attarder. Ses jambes, lisses et bronzées, paraissent interminables dans ce short blanc. Je pensais que j'avais réussi à enfouir soigneusement mes sentiments pour *elle*, un peu comme je l'ai fait en partant de cette chambre, quand j'ai rangé dans mon coffre mes petites voitures et le tourne-disque de monsieur Pouillet. Malheureusement, ce n'est pas parce qu'on pense enterrer une chose qu'elle disparaît et cesse d'exister… et je réalise, depuis qu'elle m'a pris la main sur la falaise, qu'ils ont survécu… qu'ils sont là constamment…

Elle resserre son emprise sur mes cuisses. Elle dort toujours. Je n'ai pas envie qu'elle se réveille. Je sais que lorsqu'elle ouvrira les yeux, ce moment hors du temps sera fini. Je veux en profiter encore un peu. Mes doigts se promènent de ses épaules à ses jambes en passant par ses hanches et je l'entends gémir contre le tissu de mon pantalon. Je suspends mon mouvement. Je ne peux pas me permettre d'aller trop loin. Elle grogne en relevant la tête.

C'est terminé.

♫

Charlie

J'ouvre un œil et je sens mon corps tout engourdi. Engourdi, mais serein d'avoir retrouvé sa place… contre lui. Quand je me relève, je vois son regard posé sur moi. Ce regard qui m'a obsédée pendant toutes ces années semble s'être durci. Sa mâchoire est recouverte d'une barbe de quelques jours et mes doigts vont naturellement à sa rencontre. Il se crispe à mon contact, mais ne s'écarte pas. Il est comme figé. J'aimerais tellement trouver les mots justes. Ceux qui lui feront du bien. Ceux qui lui feront comprendre que, pour moi, rien n'a changé, que je serai toujours là, que je ne l'ai pas oublié. Je tente de sortir une phrase, mais rien ne sort.

— Merci d'être venue, mais tu peux rentrer chez toi, maintenant.

Son ton est froid et distant. Je réalise que ce sont ses premières paroles depuis dix ans. J'ai imaginé cette scène des millions de fois, mais jamais ça ne se passait comme ça. Il change de position et je comprends qu'il veut se lever. Je suis terrifiée à l'idée qu'il me repousse, me rejette… et pour autant, je sais qu'il n'y a pas d'autre issue. On se retrouve debout, face à face dans ce minuscule espace. Il est appuyé contre le mur, moi contre la balustrade – et pourtant on se touche presque. Ses épaules sont plus affirmées, ses traits plus marqués… Il a perdu son innocence. Je baisse les yeux pour qu'il ne me voie pas pleurer.

— Elle me manque. Tu me manques… tel…

— Elle est morte, Charlie, me coupe-t-il agressivement. Moi, je suis là, devant toi. Elle, elle ne reviendra jamais ! s'écrie-t-il avant de retourner dans sa chambre.

Sa douleur me brise le cœur… Je pensais qu'il ne pouvait pas l'être davantage, mais je me suis trompée. Je fais deux pas en avant. Il est assis sur le bord de son lit, les poings serrés, les yeux dans le vague. Une musique que je reconnais envahit sa chambre, qui n'a pas beaucoup changé. *Sound of Silence.*

People talking without speaking,
People hearing without listening
People writing songs that voices never share,
And no one dared disturb the sound of silence

Je remarque *sa* toile accrochée au mur. Il ne m'a donc pas complètement rayée de sa vie.

— Barre-toi, Charlie.

Ses mots finissent de réduire mon cœur à néant, mais je me refuse de bouger. Je me dois d'être forte… pour lui.

— Charlie, fais ce que je te dis. S'il te plaît. Je n'arrive déjà pas à gérer tout ça… alors toi…

Il enfouit son visage entre ses mains. Ses sanglots m'achèvent. Il semble complètement perdu et moi, je ressens ce besoin si familier de courir vers lui… comme si on était deux aimants et que j'étais incapable de résister à son attraction, avec cette certitude d'être à lui. Je m'assieds à côté de lui, j'avance une main tremblante vers sa nuque ; je le sens tressaillir.

— Je suis là… je ne vais nulle part. On peut se remettre à flotter…

Chacun de mes mots s'échappe de ma bouche comme un souffle que j'aurais emprisonné trop longtemps. Et peu importe ce qu'il me dit, ce qu'il pense, je ne cesserai jamais de revenir vers lui. Je commence à lui caresser les cheveux et je me demande si je peux réussir à lui prendre sa douleur. À lui arracher cette foutue tristesse. Puis je cesse de réfléchir. Il se tourne vers moi, les yeux brillants, et il secoue la tête. Je ne supporte pas d'y lire toute cette souffrance… Alors je me penche vers lui et l'embrasse. Doucement. Est-ce je peux lui prendre son chagrin en l'embrassant ? Ses lèvres ne bougent pas, j'attends… j'attends qu'il soit prêt… jusqu'à ce qu'il me rende mon baiser.

Ses lèvres sont chaudes et fermes contre les miennes. Il m'a tellement manqué. C'est comme si c'était il y a une éternité, c'est comme si c'était hier. Je me laisse submerger. Je passe mes doigts sous son tee-shirt pour effleurer son torse et un son rauque se fait entendre. Il m'allonge alors sur le matelas et je peux sentir chaque partie de son corps contre le mien. Ses mains glissent de mes épaules à mes poignets en une caresse et les attrapent pour les croiser au-dessus de ma tête. Il approche son visage de mon oreille et vient frôler mon lobe. Un frisson s'empare de moi.

— Charlie…

J'ai attendu ce moment depuis si longtemps qu'une larme coule au creux de mon cou. Il m'embrasse plus vigoureusement et je prie pour qu'il m'abandonne un peu de ses tourments. J'ai de plus en plus de mal à reprendre ma respiration. La tête me tourne… comme si j'avais bu. Au moment où je m'habitue à ce rythme effréné, il se met à aspirer délicatement ma lèvre inférieure avant de passer sa langue dessus et de recommencer. Alors qu'il me fixe intensément, sa main se faufile sous mon débardeur. Ses doigts me caressent le ventre et je me demande s'il n'attend pas mon accord pour aller plus loin. Je le contemple en silence, les mots de Simon & Garfunkel dans les oreilles, et je me contente de hocher la tête. Je sais que c'est sûrement un point de non-retour, mais j'ai eu le temps d'y réfléchir pendant dix ans. Nous sommes liés et nous le serons toujours… par l'esprit et par le corps. Je ne pourrai jamais m'en défaire. Il continue de me dévisager, comme s'il hésitait, jusqu'à ce que je sente son pouce se promener sur mon soutien-gorge. Son regard constamment plongé dans le mien, intense, indéchiffrable, il écarte légèrement le tissu et je ferme les yeux en gémissant de plaisir.

— Regarde-moi !

Sa voix. Ses mots.

Je fais ce qu'il me demande. J'ai besoin de le toucher. Ses prunelles claires… ses traits fins qui contrastent avec la force qui se dégage de son corps… sa bouche charnue… sa peau mate… À cet instant, je pourrais lui hurler que je suis à lui… que je l'ai toujours été… mais je me tais. Je laisse mes yeux parler à ma place.

— Pas ça, Charlie, m'implore-t-il.

Je ne comprends pas.

— Pas de cette façon, pas comme si j'étais ton monde.

— Et pourquoi ?

— Parce que je ne le suis plus depuis longtemps.

Il s'écarte et je tente de le ramener à moi… en vain. Ses hanches se décollent, ses bras se détachent et il se lève… me surplombant de toute sa hauteur. Je me redresse à mon tour, sur les genoux, au milieu du lit.

— Charlie… entre nous… rien n'a changé… Je ne veux pas utiliser ce que je ressens comme ça…

Je l'implore :

— Si… Utilise-moi…

J'arrive à agripper son tee-shirt.

— Tu ne sais pas ce que tu dis.

— Ne me parle pas comme si j'étais toujours une gamine, Sacha ! Je sais très bien ce que je fais.

— Tu veux quoi ? demande-t-il agressivement. Tu veux que je te baise ici ? Tu penses que ça la fera revenir ? Tu penses que je me sentirai mieux ?

— Je veux juste… je veux juste t'aider.

— Alors, barre-toi, Charlie !

Je secoue la tête. Je ne veux pas.

— Je suis fatigué. Ça fait longtemps que je n'ai plus besoin de toi. Tu ne fais plus partie de ma vie. J'ai seulement envie de me retrouver avec mon père. La seule famille qu'il me reste.

Je retiens mes larmes avec difficulté, mais je n'ai pas l'intention de lui montrer que ses paroles ont eu l'effet escompté. Je préfère me lever et le laisser… pour le moment. J'ai besoin de me ressaisir. De prendre des forces. J'en ai moins que je ne le pensais.

2004

Charlie, 20 ans

Je cache la toile pour éviter que Sacha ne la voie. Ça fait deux mois que je bosse dessus… depuis que Sullivan m'a proposé cette expo et qu'il m'a offert la possibilité de peindre quand je voulais. Ça me faisait bizarre au début d'avoir les clés… puis, comme avec le dernier atelier, je m'y suis habituée. J'ai en revanche toujours du mal à gérer les reproches qu'il me balance. J'aimerais parfois être dans sa tête, savoir ce qu'il pense, ce qu'il attend de moi. Je le revois quand il a découvert que je peignais Sacha.

— *Vous êtes décevante, Mademoiselle Lecœur !*
— *Vous êtes jaloux ?*
— *Que vous ne me dessiniez pas ?*
— *Je ne sais pas. À vous de me le dire.*
— *La jalousie implique des sentiments.*
— *Effectivement, des sentiments impliquent un cœur. Eh bien moi, j'en ai un… qui implique une tonne de sentiments, justement.*
— *Vous l'aimez ?*
— *Oui… enfin pas comme vous le comprenez.*
— *Et je le comprends comment ?*
— *Pas de la bonne façon.*
— *D'après vous, il y a différentes façons d'aimer quelqu'un ?*
Il est juste derrière moi.
— *Oui… plein.*
— *Si jeune et si naïve… glisse-t-il dans un souffle avant de repartir.*

Il le fait toujours. M'attirer pour me démontrer ensuite qu'on ne peut compter que sur soi. Je ne suis pas comme lui. Je ne veux pas être comme lui.

— *Vous vous perdez dans les détails, mademoiselle Lecœur, lance-t-il en fixant ma toile.*
— *J'aime les détails.*
— *Pourquoi ?*
— *Ils me rassurent.*

— C'est ça votre problème. Sortez un peu de votre cocon, de votre foutue zone de confort. Un jour, vous risquez de tomber de haut et ça vous fera mal parce que vous ne prenez jamais de risque.
— C'est faux !
Il est maintenant sur moi. J'ai l'impression qu'il va me sauter à la gorge.
— Dites-moi quand vous avez pris un risque ?
Je ne veux pas le lui dire. Ça ne le concerne pas.
— Parlez ! Allez, prouvez-moi que j'ai tort !
Je secoue la tête.
— Vous ne dites rien parce que vous savez que j'ai raison.
— Pourquoi vous vous comportez comme ça avec moi ?
— Ce n'est pas la bonne question ! Ce n'est jamais la bonne question, Mademoiselle Lecœur. Vous me fatiguez ! Continuez comme ça, j'en ai fini avec vous pour ce soir.

Et il m'a laissée… avec ses paroles… mes doutes… et le visage de Sacha qui me fixait.

♫

Sacha, 21 ans

J'arrive de chez Samia et je suis étonné de trouver Charlie sur notre canapé en train de mater la télé au beau milieu de la nuit. Je m'approche doucement et remarque qu'elle regarde *Chucky*. Sans trop réfléchir, je crie pour la faire flipper et je reçois un pot de glace dans la tronche.

— Merde ! Mais t'es malade ! hurle-t-elle pendant que je me marre. Tu veux que je crève ?

Je me moque d'elle en prenant une cuillerée.

— Tu penses sincèrement que cette attaque à la crème glacée aurait pu fonctionner ? Macadamia. J'adore ! Quoique… en plein mois de décembre, je suis pas sûr.

— Y'a pas de saison pour se réconforter avec de la glace. Et rends-la moi !

J'enlève mon manteau et viens m'assoir à ses côtés.

— Te réconforter ? Ça ne va pas mieux avec Emma ?

— Non !

— Et ?

— Et rien de plus.

— OK !

Elle ronchonne en mangeant et je force son bras à glisser sa cuillère dans ma bouche. Je gémis de plaisir.

— Sacha ! Va t'en chercher une !

— T'as vu la taille du pot ? Il y en a assez pour tout le quartier.

Je m'enfonce confortablement en posant mes pieds sur la table basse et elle vient naturellement se caler sur mon épaule en fixant la télé.

— J'ai peur de m'attacher.

— Et ça serait une mauvaise chose ?

— Je n'ai pas confiance.

— Laisse-vous du temps.

— J'aimerais tellement être plus simple parfois. Un peu comme toi avec Samia. Sans prise de tête…

Ça fait deux mois que j'entretiens une relation avec Samia, que ça se passe merveilleusement bien et que j'en suis le premier surpris. Elle ne me rembarre plus quand on a fini et on est d'accord pour se faire du bien mutuellement. On a créé une entente parfaite. Je ne sais pas trop comment ça marche, mais j'ai comme la sensation d'avoir trouvé un équilibre. Le sexe avec Samia… tout le reste avec Charlie. Et je me sens beaucoup mieux.

— Et Emma ?

— Quoi, Emma ?

— Ses sentiments ?

— Elle m'aime bien… beaucoup… mais je ne suis pas sûre que ce soit la fille qu'il me faut.

— Il y a deux mois, tu me disais le contraire.

— J'ai dû me tromper.

Je passe ma main sous son menton pour la forcer à me regarder.

— T'as peur de quoi ?

Elle me dévisage de ses yeux immenses, dont la couleur m'a toujours fasciné.

— Que ce ne soit pas la bonne.

Je ne peux m'empêcher de sourire.

— Tu le sauras le moment venu, ma Charlie. Ne te gâche pas tous les autres.

Je lui pique la cuillère et mange une énorme part de glace.

— Je me doutais que je finirais seule comme Mme Ragout avec tous ses chats.

— Sauf que tu m'as, toi !

Elle me sourit à son tour et se penche pour m'embrasser sur la joue avant de replonger dans le film.

— Au fait, ta valise est prête ?

Je soupire :

— Non.

— Moi non plus.

— On a encore demain matin.

— J'ai hâte d'y être.

— Moi aussi.

♫♫♫

Les fêtes de fin d'années. L'occasion de revenir à la maison et de regagner le cocon familial. D'ailleurs, maman est dans sa bulle depuis quelques jours, elle est en pleine inspiration. Je me décide à l'interrompre pour l'avertir que je dois retrouver Ben au *Tibidabo.* Je frappe et distingue le « oui » qui me permet d'entrer. Elle est toujours au même endroit. La lumière venant de la fenêtre plonge cette pièce dans une ambiance envoûtante. Elle porte un bandeau et une robe longue turquoise et je la trouve parfaitement assortie au décor. Elle lève les yeux de sa toile.

— Ça va, mon cœur ?

— Oui. Je sors retrouver Ben.

— Prends tes clés.

Je m'approche et observe les formes diffuses qu'elle vient de dessiner.

— Ça représente quoi ?

— Ça dépend.

— De quoi ?

— De la personne qui regarde. De son interprétation.

J'ai du mal à comprendre, alors elle continue :

— Tu vois quoi, toi ?

— Des nuages.

— Ton père y voyait des virages d'un col de montagne.

Je commence à saisir. Elle sourit en me caressant la joue.

— Tu sembles aller mieux.

— Oui.

— Je suis heureuse.

Je me contente de lui sourire à mon tour.

— Passe le bonjour à Ben.

Je l'embrasse et la laisse finir son œuvre dans cette atmosphère si particulière qui est la sienne.

♫

Charlie, 20 ans

Je viens de passer la soirée chez Zoé après avoir profité de mon père. Il est excité car il part pour Londres dans dix jours réaliser un reportage sur un festival de mime. Je n'ai pas trop compris son engouement, mais bon, le principal, c'est qu'il aime ce qu'il fait. Je suis confortablement installée sur mon lit, à dessiner. L'exposition est dans quelques mois et je commence déjà à paniquer. Juliette m'a proposé de passer dans la semaine pour que je lui en parle plus en détail. Elle a l'habitude ; et puis, elle et a ce don pour toujours trouver les mots qu'on a besoin d'entendre, ceux qui apaisent.

Demain, c'est Noël, et mes coups de crayon se promènent sur mon Canson. Un visage apparaît. Je le reconnais. Je souris. Un sourire mélancolique. J'ai lancé ma playlist et c'est au tour de *Stay*.

And, if you listen, I can't call.
And, if you jump, you just might fall.
And, if you shout, I'll only hear you.

Sacha vient se glisser derrière mon dos.

— Sacré M. Pouillet ! T'as vu que sa maison est en vente ?

— Oui ! Papa m'a dit. Je pense qu'il aurait détesté ça : il est probablement en train de hanter la maison pour que personne ne puisse y vivre !

Ses jambes entourent mon corps et son menton se cale sur mon épaule.

— Tu sens la mer.

— J'étais au *Tibidabo* et on a fini sur la plage.

— Comment il va ?

— Il fait semblant. Et Zoé ?

— Elle ne jure que par ce type.

— Merde.

— Ouais.

Alors que je continue de fouiller les traits de M. Pouillet, Sacha pose un cadeau sur mes genoux.

— Joyeux Noël, ma Charlie.

Je me tourne vers lui et remarque son immense sourire.

— Mais c'est demain !

— Il est une heure du matin, donc nous sommes officiellement demain.

J'arrache le papier, ce qui le fait rire.

— Doucement.

Je devine une boîte et je bloque dessus.

— Charlie ! C'est dedans que ça se passe, s'impatiente Sacha.

J'ouvre et je découvre deux billets. Je réalise que je tremble. *U2.* Je suis en train de rêver. *Londres. Février 2005.* Je bafouille :

— C'est… c'est pas possible !

— Si, ma Charlie.

— On va voir Bono ? The Edge ? Adam Clayton ? Larry Mullen Jr ?

Je continue de contempler ses morceaux de papier comme si j'avais peur qu'ils disparaissent tout à coup.

— J'espère bien.

Je ne sais plus si je ris ou si je pleure, mais je lui saute dessus et je l'embrasse sur la joue, le cou.

— Merci, merci, merci ! Comment ? Comment t'as fait ? Je croyais qu'il n'y avait plus de places !

— Je me suis débrouillé.

— J'ai envie de hurler.

— Évite. Sinon ton père va débarquer et vu notre position, je ne donne pas cher de mon entrejambe.

— Je m'en fous !

Nos rires se mêlent ; j'aimerais pouvoir exprimer pleinement ce que je ressens.

Je propose :

— Si on allait à la Cité ?

— Maintenant ?
— Oui. J'ai envie de crier. De danser. De chanter…

♫

Sacha

Vingt minutes après, on est installés dans la Cité. Notre cité des non-droits. On s'est préparé une petite bouteille pour fêter ça et on a pensé à se munir de lampes à pile pour nous éclairer un minimum sur le chemin. Depuis qu'elle a ouvert son cadeau, j'ai comme l'impression que Charlie est sous acide. Je m'en doutais, j'étais si impatient ! Lorsque les places de la tournée ont été mises en vente, on s'y est pris trop tard. Je me souviens de notre déception quand on a compris qu'on ne verrait pas U2 sur scène. Puis Samia m'a parlé d'un pote à elle, qui vit à Londres, et qui avait des billets. Ça fait plus d'une semaine que je les ai, mais je voulais marquer le coup et en regardant Charlie, je ne peux pas regretter. Elle s'amuse à danser et à boire depuis tout à l'heure. Elle s'emmêle les jambes et je ne me lasse pas de ce spectacle. Son rire… il a toujours la même saveur pour moi.

Elle s'approche et encadre mon visage de ses mains.

— Je t'ai déjà dit merci ?
— Pas depuis une minute.
— Eh bien : merci, Sacha Bourgeois.
— Mais avec plaisir, Charlie Lecœur.
— On pourra visiter Londres.
— Je n'arrive pas à réaliser.

Elle me prend la bouteille des mains et la porte de nouveau à sa bouche.

— Je suis trop contente.

Je m'assieds et bois une gorgée.

— *One love. One blood. One life*, chantonne-t-elle en s'asseyant à son tour.

Mes genoux s'écartent naturellement pour lui faire de la place. Elle se blottit entre mes jambes et remue un peu pour se caler tout contre moi, son dos caressant mon torse. C'est comme si je l'entendais fredonner pour la première fois. Sa voix cassée est posée, je la rejoins :

— *You got to do what you should…*

Puis le silence envahit notre sanctuaire. D'instinct, mes bras viennent l'entourer ; elle en profite pour finir la bouteille. On reste comme ça quelques minutes.

— Sacha ? Quel est ton moment préféré ?

Je ne m'attendais pas à ça. Je l'embrasse sur l'épaule pour me laisser le temps de réfléchir.

— La première fois que tu m'as montré la mer, répond-elle à ma place.

J'ai dans l'esprit Charlie admirant cette étendue. Sa longue tignasse rousse qui volait à cause du vent. J'enchaîne :

— Quand on a découvert la Cité.

— Quand on a fait rencontrer Bono et M. Pouillet.

— Quand tu m'as fait découvrir U2.

— Quand on s'est retrouvés après l'Irlande.

— Euh, t'es sûre ?

Mes doigts s'amusent à dessiner des formes sur l'intérieur de son bras…

— Oui… la nuit, quand tu es venu me rejoindre dans ma chambre.

— Et que ton père a voulu me scalper les couilles ?

— Voilà.

— Ma première fois.

Elle me lance un regard noir.

— Avec cette pétasse de Briançon ?

Elle est énervée et ça me fait rire. Je décide de la provoquer :

— Une pétasse merveilleusement bien gaulée.

J'ai le nez dans ses cheveux. Je respire son parfum, qui va finir par s'incruster de manière permanente dans mon esprit. Ils sentent l'été. Ils ont toujours senti l'été.

— Ma première fois, murmure-t-elle.

Des images de nous deux s'immiscent malgré moi dans ma conscience.

— *On ne peut pas…*

— *Pourquoi ?*

— Je t'aime trop ! Je n'ai pas envie que tu te réveilles demain en regrettant. Je ne supporterais pas que tu n'aies plus confiance en moi parce que j'ai plus réfléchi avec ma queue qu'avec ma tête.

Deux ans après. Même chapitre. Même ligne.

Je l'aime trop pourrait résumer notre relation. Je ne savais pas qu'on pouvait trop aimer quelqu'un, jusqu'à Charlie.

— Sacha ? T'es toujours avec moi ?

Mes lèvres frôlent le lobe de son oreille.

— J'étais dans ce petit hôtel en Espagne.

— Tu regrettes ?

Je soupire… ce n'est pas un sujet dont on parle souvent.

— C'est difficile à dire.

Alors, je ne sais pas si c'est l'euphorie qu'on vient de vivre, le rhum… le fait qu'elle ne puisse pas voir mon regard, mais je laisse les mots m'échapper.

— Je crois surtout que je regrette d'avoir autant aimé.

— Tu… tu as vraiment aimé ? Je pensais que… vu que c'était ma première fois… Je ne sais pas…

Elle semble surprise.

Si elle savait.

Je souffle au creux de son cou :

— Tu es ma plus belle histoire…

Elle se retourne, cette fois. Son visage est à quelques centimètres du mien.

— Tu sais… quand on s'amusait à donner des formes au nuage ?

Je me contente de hocher la tête.

— Eh bien, ce que je ressens pour toi, ça flotte avec eux… On est au-dessus de tout et c'est ce qui fait que c'est aussi beau. Je ne pourrai jamais te dire que je t'aime parce que ça ne serait pas assez fort. Ces trois mots ne représentent absolument pas ce que nous sommes. Sans toi, j'ai l'impression que je ne pourrais plus respirer. En fait, je ne t'aime pas, Sacha Bourgeois : je te respire.

J'ai envie de l'attirer à moi et de l'embrasser, ici, dans notre Cité. J'ai envie de prendre son magnifique visage entre mes mains et de savourer ses lèvres. Ses yeux ambre s'agrandissent légèrement. Mon corps entier se tend vers elle et, tandis que mes pensées deviennent floues, elle se penche et presse sa bouche contre la mienne. Juste un frôlement. Juste pour voir. Juste pour goûter. Juste comme une promesse de garder ce lien… de flotter avec les nuages. Juste avant de reculer. Alors je décide de me rapprocher à mon tour, centimètre par centimètre… et je l'embrasse, aussi doucement et prudemment qu'elle. Comme si j'avais peur de la briser… ou de briser cet instant… puis elle s'écarte… encore. Elle touche ses lèvres, comme si elle réalisait ce qu'on venait de faire.

— Je suis désolée. Je n'aurais pas dû. Je ne sais pas…

— C'est rien…

J'essaie en réalité de me persuader moi-même que ce baiser ne représente pas plus qu'un simple… baiser.

— Je viens de t'embrasser.

— J'ai vu… j'étais là.

— Sacha, je… je ne veux pas que ça gâche tout. Et il y a Emma, je tiens à elle même si c'est compliqué… et puis…

Elle est perturbée. Je ne veux pas.

— Calme-toi, Charlie.

— Tu m'en veux ? Tu penses que je suis une allumeuse qui saute sur tout ce qui bouge ?

— Déjà, je ne suis pas tout le monde. Et ensuite, on va mettre ça sur le compte de l'euphorie du moment. Ça ne se reproduira plus.

À défaut d'y croire, moi, j'espère que j'ai au moins réussi à la convaincre.

♫

Charlie

Ces quelques jours de retour aux sources m'ont fait un bien fou. Ma discussion avec Juliette m'a détendue. Comme je m'en doutais, ses mots ont touché juste. Il m'arrive, quand je rêve de ma mère, que je me représente Juliette et ça m'apaise tout de suite. Douce et forte à la fois. Et puis ce regard… je ne pensais pas qu'un regard pouvait être capable de déverser autant d'amour.

— *La seule personne qui ne croit pas en Charlie Lecœur, c'est toi. Fais-toi confiance. Ne peins pas pour les autres. Jamais. Mais pour toi. Peins ce que tu ressens, ce que tu as sur le cœur, ce que tu veux offrir. Et si tu y arrives, alors ça sera forcément fabuleux.*

Je suis aussi passée sur la tombe de M. Pouillet. C'est un rituel pour moi. J'adore lui parler et imaginer ce qu'il aurait pu me répondre.

— *Vous vous rendez compte ? Il m'a offert du rêve. U2. Je sais ce que vous pensez. C'est de la musique de fous. Ça n'a rien à voir avec les Coasters. Mais je les aime tellement. Je les aime d'amour depuis que je suis toute petite. Et puis c'est quelque chose que je partage avec Sacha. Bon, on ne partage pas que ça… D'ailleurs, en parlant de ça, hier j'ai… j'ai fait quelque chose que je n'aurais jamais dû faire. Je ne sais pas ce qui m'a pris. Je l'ai embrassé. Sans réfléchir, comme ça. Évidemment, sans réfléchir. Il aurait fallu que j'y pense plus de dix secondes et j'aurais vite arrêté le truc. Mais non. Ça aurait été trop simple. Alors, ça n'avait rien de sensuel, c'était… tendre. Mais je m'en veux. J'ai l'impression d'avoir quinze ans, c'est insupportable…*

Instinctivement, mes doigts parcourent mes lèvres et je ferme les yeux.

— *Je me suis toujours dit que c'était le destin que Sacha soit un garçon et que je préfère les femmes… comme ça, il ne pourrait pas y avoir d'ambigüité entre nous… Je refuse de le voir de cette façon. Ça gâcherait tout. Inévitablement. Je me répète qu'on est au-dessus de tout ça. Que notre relation ne se résume pas à une foutue attirance charnelle. Et puis, il y a Emma… et je suis attirée par elle… et par les femmes. C'est quand même important. Non ? Si… forcément, c'est important. À mon avis, ce qui nous lie avec Sacha est si fort que… que je ne sais pas. « Je ne sais pas » pourrait être la phrase de ma vie avec « tu es en retard ». Depuis Nadia, j'ai réussi à franchir un cap, à assumer mes désirs… malgré tout, j'en suis fière. Mais peut-être que je cherche trop de choses chez une même personne. Au fait… tant que j'y pense, votre maison est en vente. J'espère que vous n'irez pas embêter les pauvres familles qui vont venir visiter. J'imagine très bien les agents immobiliers flipper à chaque fois qu'ils viendront au 5 rue Matisse. Sinon Bono, enfin Kiki, va bien. Il est heureux chez Juliette et Yves. Vous lui manquez… vous me manquez… Avec Sacha, on a retenté quelques pas de danse… et on ne s'en est pas trop mal sortis. Vous pouvez être fier de vous… vous avez été un bon professeur. Nous n'étions pas des élèves très attentifs. Mais vos leçons ont porté leurs fruits. Merci… merci pour tout.*

— Je passe voir Samia ! hurle Sacha d'en bas alors que je suis en train de défaire mon sac.

Déjà ? On est arrivés il y a à peine une heure.

— OK !

— Pense à appeler Emma !

La porte claque. Il a raison. Je ne peux pas rester comme ça, sans rien faire, en attendant une révélation sur ma relation avec elle qui ne viendra sûrement jamais. Je prends sur moi et sors mon téléphone.

> Je viens de rentrer. On peut se voir ?

J'envoie et me rends compte que c'est peut-être un peu cash comme message. Je crois que je traîne un peu trop avec Sullivan.

En pensant à monsieur Insupportable, je ne l'ai pas revu depuis son fameux : « Vous me fatiguez ! Continuez comme ça, j'en ai fini avec vous pour ce soir ». Et s'il avait raison ? Si mon problème, c'était de ne jamais prendre de risque ?

> Je peux être chez toi dans quinze minutes.

> Parfait.

Parfait ?

T'es sérieuse, Charlie ?

En voilà un de risque, Sullivan !

Je cours dans la salle de bain prendre une douche en vitesse. Je sens le renfermé. Je ne sais même pas ce que je vais lui dire. Je n'ai pas le temps de réfléchir. Mission : éviter de la faire fuir d'entrée de jeu. Entre mon odeur et ma coupe. On dirait que des moineaux ont décidé de faire leur nid dans ma tignasse. Ils sont trop longs. Il va vraiment falloir que je fasse quelque chose.

La sonnette retentit alors que je suis toujours trempée. Merde ! Mauvais timing. Comme d'hab' ! Je file lui ouvrir, une serviette autour du corps, les cheveux à peine séchés. Quand elle apparaît devant moi, j'ai comme l'impression de la découvrir pour la première fois. Elle se tient droite, un Perfecto sur le dos, ses boucles blondes encadrent son visage… Son rouge à lèvres met en valeur sa bouche pulpeuse. J'ai du mal à déglutir. J'avais oublié qu'elle pouvait être aussi sexy. Je suis figée, muette, coupable. Elle entre en souriant.

— Quel accueil !

— Désolée… je ne suis pas prête.

— Ça dépend pour quoi !

Elle éclate de rire.

— Charlie, bon sang ! Arrête de trop réfléchir. Ça doit être fatigant.

Elle me sort ça en lançant son cuir sur un des tabourets et se dirige vers le canapé. J'inspire et ferme la porte. Je me sens un peu à poil, là, tout de suite.

— Je reviens, je vais m'habiller.

— Qu'est-ce que tu veux, Charlie ?

Elle est adossée contre le canapé et ne me lâche pas du regard.

— Comment ça ?

— Qu'est-ce que tu attends de moi ?

— Je… je…

— Je te plais ?

— Oui.

Elle insiste en s'approchant de façon provocante.

— On passe de bons moments ensemble ? On s'apprécie de plus en plus ?

— Oui.

— Je te donne du plaisir ?

— O… Oui.

— Tu penses à moi quand je ne suis pas là ?

Elle n'est plus qu'à quelques pas de moi. Je me contente de hocher la tête. Je n'ai plus de salive. Elle a dû se barrer avec ma répartie. Son corps frôle le mien et je crois que mon cerveau n'est plus irrigué.

— Alors, où est le problème ?

Ses doigts effleurent le haut de ma serviette, à la naissance de mes seins.

— C'est difficile de se concentrer, avec… avec tout ça.

— Essaie, murmure-t-elle en me mordillant l'oreille.

— Je ne… je ne sais… plus…

Elle continue ses caresses.

— Mais encore…

— Je ne sais plus comment gérer une relation.

… et j'ai embrassé Sacha.

Son corps s'écarte un peu.

— Qui te demande de gérer ? Profite de l'instant présent. Je te plais. Tu me plais… énormément… m'avoue-t-elle en faisant glisser ses doigts sous la serviette. J'ai envie de faire un bout de chemin avec toi et on verra bien le trajet qu'on parcourt ensemble, ce n'est pas le plus important.

— Je ne suis pas sûre d'y arriver.

— Je peux essayer de t'aider.

Elle enlève ma serviette et me pousse doucement contre la porte. Elle se met alors à genoux et j'ai du mal à ne pas flancher. Elle me fixe en se léchant la lèvre supérieure et je suis en train de défaillir quand sa bouche se pose entre mes cuisses.

♫

Sacha

Lorsque je rentre à la maison, je trouve la pièce vide, mais découvre un Perfecto sur un des tabourets. Je souris en pensant que Charlie a dû écouter mon conseil. J'arrive de chez Samia et j'avais presque oublié que le sexe avec elle pouvait être si… intense. Je n'imaginais vraiment pas, quand on a commencé, que ça me conviendrait à ce point… et que ça rendrait ma relation avec Charlie beaucoup plus facile à gérer. J'ai deviné en voyant son visage après notre baiser qu'elle n'était pas prête, qu'elle ne me voyait pas du tout comme ça. Je me suis fait une raison. Et maintenant, avec Samia, c'est simple. Je suppose qu'elle a compris mon point de vue sur le sujet et on a trouvé un parfait équilibre. Je nous revois dans son lit juste après une session particulièrement excitante.

— *Ça m'a manqué.*

Elle me dévisage, surprise.

— Tu n'es pas allé voir d'autres femmes ?

— Quoi ? Tu penses que je tire sur tout ce qui bouge ?

— Tu pourrais.

— Eh bien, non. Pourquoi, toi… tu as ?

— Ça t'embêterait ?

On n'avait jamais encore parlé de ça. D'exclusivité entre nous. Mais bon, pour moi, ça paraissait logique. Au final, je n'éprouve même pas le besoin d'aller voir ailleurs.

— Je ne sais pas.

Elle n'a rien dit et s'est contentée de plonger son regard sombre dans le mien.

— Si, je sais… Oui, ça m'embêterait.

Elle a souri et s'est penchée pour m'embrasser.

— Et sinon, ces places ?

— J'aurais dû la filmer. Elle sautait partout. Elle avait les yeux qui pétillaient. J'avais l'impression de retrouver la Charlie de ses dix ans. Merci.

— Mon pote pourrait avoir deux billets de plus.

— Ah ouais ?

— J'aurais bien aimé vous y accompagner.

— Bonne idée. Ce concert va être magistral.

— Tu connais Londres ?

— Pas du tout.

— Je pourrais jouer le guide.

— Ça serait top. Tu penses que je peux proposer l'autre place à Ben ?

— Oui…

Je ne sais plus quoi faire pour Ben. Ces vacances n'ont rien arrangé. Apprendre que Zoé était tout près et qu'il ne pouvait pas la voir, ça l'a complètement bouffé. Il faudrait vraiment qu'il rencontre quelqu'un. Qu'il arrive à se détacher de cette fille. Il a prévenu ses parents qu'il arrêtait son école de commerce et son père veut qu'il bosse dans son agence, le temps de trouver autre chose. Il n'avait pas l'air franchement convaincu, mais je crois que, vu sa situation, il ne va pas avoir trop le choix.

— Salut !

Une petite voix se fait entendre alors que je prépare à manger. Je me retourne et découvre Emma de l'autre côté de l'îlot.

— Salut.

— Ça sent bon par ici.

— Des pennes au poulet. Ça te dit ?

— Avec plaisir.

Je lui montre un placard.

— Tu peux sortir trois assiettes.

Elle me rejoint et commence à mettre la table sur le comptoir comme si c'était une habitude.

— Charlie m'a raconté pour U2. C'est génial.

— Oui, c'est le mot.

Pendant que je fais glisser les pâtes dans les assiettes, Charlie descend. Ses cheveux sont tout emmêlés, elle a la bouche gonflée et elle transpire le sexe. J'ai du mal à détacher mes yeux d'elle.

— Tu manges avec nous ? demande-t-elle à Emma.

— Oui ! Sacha me l'a proposé.

Charlie lui sourit, contourne l'îlot et vient me prendre dans les bras en me murmurant un : « merci » sous le regard appuyé d'Emma. Alors que tout le monde s'installe, la sonnette retentit. Il est 22 heures et je ne vois pas qui peut débarquer à une heure pareille. J'ai à peine ouvert la porte que Ben entre en secouant ses cheveux.

— Putain de pluie… Salut Emma ! Salut Lecœur !

Personne ne lui répond. Il file prendre une assiette. Je pense que Charlie est aussi surprise que moi.

— Tu ne devais pas rester bosser avec ton père ?

— Si. Mais j'avais besoin d'un break.

— Un break ? Alors que t'as même pas encore commencé ? insiste Charlie.

— C'est ça. Puis la petite brune m'a contacté.

— Quand ?

— Juste avant que je ne décide de revenir par ici, nous explique-t-il, fier de lui, en se servant des pâtes. Je la retrouve dans une heure.

Heureusement que j'en fais toujours trop.

— En tout cas Emma, félicitations… Lecœur n'a jamais été aussi sexy que maintenant.

— La ferme ! s'écrie Charlie.

— Merci, se marre Emma.

— Non, mais Sacha, tu ne trouves pas ?

Si.

— Quoi qu'il en soit, les filles, si jamais vous avez envie d'un mec juste entre vous, vous savez qui appeler.

— Sacha ? provoque Emma, ce qui a l'effet de jeter un froid phénoménal avant qu'elle n'ajoute : je plaisante !

— Règle *number one* dans cette baraque, ma petite, lance Ben, si tu veux tenir plus longtemps qu'une soirée, ne jamais parler de sexe entre ces deux-là.

— Ah bon ?

— Avant de savoir que Charlie préférait les filles, j'aurais pu parier mon testicule droit qu'il se passerait un truc. Je n'ai jamais cru aux amitiés entre hommes et femmes.

— Moi non plus, ajoute Emma en dévisageant Charlie.

— Ah, tu vois, Sacha ? Depuis le temps que je te le dis !

— Tu n'y crois pas non plus ? demande Charlie, étonnée.

— Non ! Je pense qu'il y en a forcément un qui éprouve des sentiments ambigus. Ce n'est jamais équilibré.

— Tu te bases sur quoi ? grogne Charlie. *Psychologie Magazine* ?

— Mon expérience, Charlie. Ça me suffit.

Je suis figé devant mon assiette. Je n'ai pas bougé depuis tout à l'heure.

— J'avais une dalle de ouf. Merci, mec ! conclut Ben en s'empiffrant.

♫♫♫

Ben est parti tout excité à son rendez-vous et Charlie est sortie raccompagner Emma à sa voiture. Je monte dans ma chambre pour défaire mes bagages et découvre une immense toile sur mon lit, un drap la dissimulant avec un petit mot : *Joyeux Noël, Sacha.*

Je souris en retirant le tissu. Mes yeux se posent d'abord sur mon portrait, au premier plan. C'est moi sans être moi. Mon regard semble exprimer une multitude d'émotions qui me dépassent. Derrière, je distingue maman, papa, Ben… et *elle*… avec sa chevelure rousse, plus en retrait. Le fond est coloré. Son talent m'éclate au visage. Je reste le souffle coupé.

— Ça ne vaut pas U2, mais…

Je me tourne et l'aperçois dans l'embrasure de la porte, un sourire au coin des lèvres. Ses cheveux sont toujours emmêlés et ses joues rougies comme si elle avait couru. Elle a quelque chose de pur et d'innocent quand elle me regarde de cette façon, avec ses grands yeux.

— C'est magnifique.

— J'avais envie que tu sois avec tous les gens qui comptent pour toi.

Je me concentre sur la toile et inspecte le moindre détail.

— Merci.

— J'aurais besoin que tu me la prêtes pour l'expo.

— Tu veux l'exposer ?

— Oui. Ça te gêne ?

Elle s'avance vers le lit. Elle porte un bas de jogging large et un débardeur plutôt moulant.

— Non…

Je la tire par le poignet pour la rapprocher de moi et elle se glisse entre mes jambes. Je l'entoure de mes bras et mon visage vient s'enfouir au creux de son ventre. Ses doigts se promènent dans mes cheveux et je… je la respire… comme elle l'a si bien dit.

♫

Charlie

— Alors ? Emma ?

— Elle pense que je réfléchis trop.

— Elle a raison.

— Je ne sais pas si j'y arriverai, Sacha.

— À quoi ?

— Lâcher prise.

Il recule et ses prunelles me transpercent.

— Pourquoi ?

— Si je le savais !

— J'ai le sentiment qu'elle peut te faire du bien. Moi, elle me plaît.

— Elle te plaît ?

— Elle est jolie, drôle… et elle a cette chose dans les yeux quand elle te regarde…

— Si seulement c'était si simple.

Soudain, il se lève et ses longs doigts fins viennent encadrer mon visage.

— Elle n'est pas Nadia… Arrête de chercher un idéal qui n'existe pas, me lance-t-il sérieusement avant de s'écarter et de retourner vers son sac d'où il sort un tee-shirt.

— Au fait, enchaîne-t-il, Samia peut avoir deux places en plus pour le concert. Je pensais l'offrir à Ben.

Quoi ? Ben ?

Et l'autre place ?

— J'espère que son rendez-vous va lui faire du bien. Mais bon, je me dis que ça lui fera plaisir.

— Il n'aime même pas U2.

— Ne pas être fan ne signifie pas ne pas aimer, me balance-t-il en continuant à ranger ses affaires. Samia nous propose de jouer les guides.

Achevez-moi ! De l'acide versé dans mes tympans avec un entonnoir me paraîtrait une douce caresse comparée à ce que je viens d'entendre.

— Ça pourrait être sympa, non ?

Super ! Ma boss et Ben ? Pourquoi pas Voldemort, Dark Vador… et l'assassin de la mère de Bambi, tant qu'on y est ?

— Charlie ?

— Oui ?

— T'as perdu l'usage de la parole ou bien ?

Manifestement, il n'a pas du tout conscience de la bombe qu'il a lancée.

— Non.

— Quoi, non ? Tu n'as pas perdu l'usage de la parole ?

— Non, je ne trouverais pas ça sympa.

J'ai dit ça à haute voix ? J'ai l'impression d'être la fille la plus égoïste au monde et, à l'expression de Sacha, il doit penser la même chose. Son sourire s'éteint subitement et je m'en veux.

— Pourquoi ?

Qu'est-ce que je peux lui raconter ? Que j'ai envie qu'on vive ça que tous les deux ? Qu'on en rêve depuis qu'on est gosses ? Que pour moi, Samia est ma boss et que je ne désire pas passer du temps avec elle ? Qu'il sera du coup en couple avec elle et que moi je vais me retrouver avec Ben ?

Je me tourne vers la fenêtre et écarte les rideaux pour observer la rue.

— Tu ne comptes pas me donner d'explication ? C'est quoi le souci ?

— Pour moi, c'était que nous… sans personne autour.

— On va à un concert, Charlie, il y aura forcément du monde.

— Personne qu'on connaît.

Il me fixe étrangement.

— J'ai du mal à saisir.

— Je n'ai pas envie de vivre ce moment avec ma patronne.

— Mais je sors avec elle, putain !

— Je pensais que vous ne faisiez que baiser ?

— Tu veux quoi ?

— Juste toi !

— Moi ? Mais tu m'as, bordel ! Nous ne sommes pas un couple, Charlie. Tu le comprends ?

Je suis tellement surprise par la violence de son ton et la colère dans ses yeux que je n'arrive plus à parler. Il secoue la tête et se passe la main dans les cheveux.

— Ce que je ressens pour toi, ça va trop loin. Ce que tu me demandes aussi…

Il émane de son corps une tension que je ne suis pas à même de calmer. Il avance vers moi et je me retrouve bloquée entre le mur et… lui.

— Pense à ce que tu veux vraiment. Tu aimes les femmes, Charlie ? Tu n'es même plus capable d'avoir une relation. Tu serais tombée follement amoureuse d'Emma il y a quelques années. Qu'est-ce qui a changé ? C'est Nadia ? Je ne te suis plus.

Ses yeux se posent sur ma bouche et je sens son cœur s'accélérer. Ou alors c'est le mien. Je n'ai pas le temps de vraiment réaliser qu'il grimace avant de s'écarter… Puis il me laisse là, seule dans sa chambre. Mes jambes me lâchent et je me retrouve assise. Je n'arrive même pas à comprendre ce qui vient de se passer. Son visage sur la toile me nargue. *Tu serais tombée follement amoureuse d'Emma il y a quelques années. Qu'est-ce qui a changé ?*

Si seulement je le savais…

♫♫♫

Il est 3 heures du mat' et Sacha n'est toujours pas rentré. Je suis sous ma couette et Bono dans mes écouteurs me murmure : *With or Without you.* Je l'imagine avec Samia et j'ai une boule au ventre, parce que j'ai soudain la certitude que quelqu'un d'autre que moi peut réussir à le calmer. Je repense aux paroles de Marine. *Votre putain de relation écrase toutes les autres. Mais merde, Charlie ! Ouvre les yeux ! Si lui porte des œillères, toi au moins, émerge ! Il n'y a de place pour personne.*

S'il l'avait choisie, je ne sais pas si j'aurais pu m'en remettre. Et s'il décidait de choisir Samia, cette fois-ci ?

J'entends la porte. Je me demande si c'est lui ou Ben. Faites que ce soit lui.

Je reconnais son pas dans les escaliers.

Le bruit de la douche.

Je n'aime pas quand on se dispute.

Il pousse la porte de ma chambre et je fais semblant de dormir. Je suis dos à lui. Je ne bouge pas. J'en suis incapable. Mon cœur s'emballe. Une odeur de gel douche envahit l'atmosphère. Il est là. Je sens le matelas qui s'affaisse sous le poids de son corps. Il me prend un des écouteurs et je suppose qu'il le place contre son oreille. Puis ses bras viennent entourer ma taille et son visage se cale contre ma nuque. Il est torse nu. Son parfum me grise. Ses doigts cherchent les miens pour les entrelacer.

— Je te respire… susurre-t-il.

Je reste figée.

J'ai peur qu'il réalise que je suis toujours réveillée ; puis son souffle devient régulier et je comprends qu'il s'est endormi.

♫

Des bruits me poussent à émerger, mais j'ai du mal. Quand mes paupières se soulèvent enfin, je découvre Ben sur le lit en train de me dévisager comme si c'était Zoé qui était avec moi sous la couette.

— Il se passe quoi, ici ? s'insurge-t-il.

Charlie grogne.

— On dormait avant qu'un trou du cul vienne nous emmerder.

— Vous baisez ensemble ?

— Bien sûr… d'ailleurs, si tu pouvais nous laisser finir, réplique Charlie sans bouger. Je suis sur le point d'avoir un orgasme.

— Sacha ?

Je me relève en soupirant.

— Mais non… Il est quelle heure ?

Je suis encore explosé.

— 7 heures !

— Mais on est dimanche ! peste Charlie. T'es né pour me pourrir la vie ?

Je me frotte le front en m'asseyant sur le lit et je tente de replacer mes neurones dans le bon ordre. Je m'étire.

— J'ai besoin d'un café.

— J'en reviens pas de ce que je viens de voir.

Je me lève et l'empoigne par le tee-shirt.

— Allez, sors de là !

Je file dans ma chambre enfiler un bas de survet' puis descends le retrouver. Il m'attend, l'air contrarié.

— Ça dure depuis combien de temps ?

— De quoi ?

— Toi et Lecœur ?

— On a juste dormi ensemble, Ben, détends-toi !

— Tu te fous de moi ?

— Non ! Tu veux un café ?

— Oui. Tu dors avec ? C'est tout ?

— C'est ça.

— Tu ne la touches pas ?

— C'est quoi, ces questions ?

— J'essaie de comprendre, mec !

— Y'a rien à comprendre.

Je nous sers deux grandes tasses en priant pour que la caféine agisse vite. Je ne sais pas si je vais supporter longtemps son interrogatoire.

— Donc, pour résumer… Arrête-moi si je dis une connerie. C'est ta meilleure amie. Vous êtes tout l'un pour l'autre. Vous dormez ensemble. Mais vous ne baisez pas ensemble.

— Bon résumé.

— Pourquoi ?

— Parce qu'on n'a pas ce genre de relation.

— Tu n'es pas excité quand tu te couches à côté d'elle ? Parce que moi, à ta place, j'aurais la trique constamment.

— Ben, t'as la trique constamment même sans dormir avec personne.

— Elle ne te plaît pas ? Tu la trouves moche ? Non, mais bordel, tu as vu ses jambes ? T'as un souci ? T'es gay ?

Merci, Ben, de me faciliter la vie.

— Non.

— Qu'elle ne soit pas OK je comprends… mais toi ?

Je ne sais plus quoi répondre. Je m'appuie contre l'îlot et attends que la tempête Garnier s'apaise.

— Parce que malgré ce qu'on s'envoie dans la face, je l'aime aussi, cette petite, mais si on devait se partager le même pieu… et à moitié à poil en prime, merde !

— Je te le répète, t'es pas une référence en la matière.

— Regarde-moi dans les yeux et dis-moi que tu n'as pas envie d'elle ?

— Ben, j'ai toujours les yeux collés…

Il ne lâche pas l'affaire.

— Dis-moi juste que tu n'as pas envie d'elle.

Je ne réponds rien. Je me contente de boire mon café.

— Je le savais ! crie-t-il en levant le poing comme si Scarlett Johansson venait d'accepter un rencard.

J'ai peur que Charlie apparaisse dans l'escalier. Il doit le comprendre puisqu'il se met à chuchoter.

— Comment tu fais ?

— Quoi ?

— Comment tu fais pour tenir le coup ?

— Je gère...

— Tu gères, mon cul. En fait tu n'as jamais été amoureux de cette garce de Marine, hein ? Ce n'était pas elle le problème. C'était Charlie.

Son regard s'éclaire comme si tout lui sautait à la face.

— Ferme-la, Ben !

Je n'ai pas besoin qu'on pose des mots aussi simples sur ma situation.

— Tu l'aimes ?

— Tu aimes qui ?

La voix de Charlie nous tétanise. Elle est juste en haut des escaliers et je me demande ce qu'elle a bien pu entendre.

— Samia, enchaîne Ben comme si de rien n'était.

Les yeux endormis de Charlie croisent les miens. Je n'ai pas bougé depuis tout à l'heure. Je suis toujours contre l'îlot, torse nu, ma tasse de café entre les mains.

— Samia ? répète-t-elle en nous rejoignant.

Ce traître de Ben insiste.

— T'en penses quoi, toi, Lecœur ?

— De quoi ?

— De Sacha et Samia.

Elle nous contourne, va ouvrir le frigo pour sortir du lait puis m'observe attentivement.

— Je ne suis pas une grande fan de Samia, mais du moment que ça convient à Sacha... Et sinon, je peux savoir ce que tu foutais dans ma chambre à 7 heures du mat ?

En entendant sa réponse, je souris et je continue à la regarder droit dans les yeux, toujours emplis de sommeil.

— J'avais une somptueuse nouvelle à annoncer à Sacha, et comme j'étais frustré de découvrir son lit désert je me suis dit que je me contenterais de te le raconter à toi.

— Tu te sors enfin les doigts du fion pour trouver un job ? le provoque Charlie.

— Je préfère ne pas répondre à cette offense.

— Ta brunette ?

— Merci, Sacha, de suivre, applaudit-il. Lecœur, tu es démoralisante.

— Je n'ai pas assez dormi. La faute à qui ?

— Elle s'appelle Fanny et je lui plais.

— Elle est sourde ? Aveugle ? Désespérée ?

— Ne sois pas aigrie. Et je n'ai pas pensé à *elle* une seule fois, nous avoue-t-il, le regard plongé dans le vide.

Je fais deux pas vers lui pour lui taper sur l'épaule.

— Je suis content pour toi.

— Merci, mec ! Je savais que tu comprendrais.

Charlie se déplace et l'embrasse sur la joue.

— Emmène-la au *Black Out* demain, je vous offrirai une tournée.

Elle a à peine fini sa phrase qu'il la soulève du sol.

— J'étais sûr que tu m'aimais bien, Lecœur !

Son rire emplit l'espace et je file mettre un peu de musique. *Beautiful Day* commence à résonner dans l'appart.

— Alors, t'es content de venir voir U2 ? demande Charlie à Ben quand il la repose.

— De quoi ?

Je me place derrière lui et fais de grands signes à Charlie pour lui faire comprendre que je ne lui ai encore rien dit. Son regard passe de moi à Ben. Elle est perdue.

— Euh non, rien…

— Tu divagues… c'est toi qui vas voir U2.

— Je manque de sommeil. J'ai besoin d'un café.

Ben lui prend la main pour la faire tourner.

— Pas avant de danser avec moi.

Charlie râle en riant… puis elle se met à rire en râlant. Je repense à hier soir quand j'ai quitté l'appart'. J'étais tellement énervé que j'ai roulé instinctivement jusqu'à chez Samia. Je suis resté en bas. J'ai vu de la lumière dans son salon, mais je n'ai pas bougé. J'avais les mots de Charlie et ma réaction qui tournaient en boucle dans ma tête. Je ne sais pas au final ce qui m'a le plus gonflé. J'ai du mal à saisir ce qu'elle veut et, en même temps, je serais capable de tout lui offrir. J'ai attendu, garé, à réfléchir à tout ça, et plus les minutes passaient et plus tout devenait clair : si elle ne veut que moi pour ce week-end, alors c'est ce qu'elle aura.

♫

Confortablement couchée sur mon lit, je regarde *Happiness Therapy*. J'avais commencé à le mater en bas avec Ben jusqu'à ce qu'il s'endorme et se mette à ronfler comme un moteur d'Airbus 945. Alors que la fin est proche, Sacha me surprend en entrant dans ma chambre. Il était parti il y a une paire d'heures faire une course et je ne l'ai pas entendu revenir.

— J'aurais bien aimé qu'on parle d'hier.

Je ferme l'ordinateur.

— Je suis désolée. Je n'aurais jamais dû réagir comme ça.

Il reste appuyé sur ma commode.

— Je n'aurais pas dû être aussi agressif.

Je souris et continue sur le même ton :

— Je n'aurais pas dû te demander ça.

— Je n'aurais pas dû m'enfuir.

— Écoute, si Samia veut venir… je… je pensais que c'était juste du sexe entre vous. Je me suis trompée. Je n'ai pas à intervenir dans votre relation, ça ne me concerne pas.

— Je ne vois pas les choses de cette façon… Je n'ai jamais réussi à mettre les relations dans des cases. Ou alors, quand j'essaie, ça déborde forcément. Avec Samia, on ne s'est rien promis et pour le moment, c'est purement sexuel, mais je ne veux pas m'interdire de créer quelque chose à cause de ce genre de raisonnement. Regarde notre relation ! C'en est le parfait exemple. On est toi comme moi, et comme n'importe qui, incapables de la qualifier… et ça ne t'a jamais gênée. Autour de nous, ce n'est pas aussi simple.

— Et toi ?

— Quoi, moi ?

— Elle te gêne, notre relation ?

Ses yeux clairs me dévisagent. Un regard où se mêlent le doute et une infinie tendresse.

— Non… mais elle va forcément influencer toutes celles qui voudront graviter autour et à un moment, elle posera problème.

Il me balance ça sans bouger, sans rompre le contact visuel… sans réaliser que mon cœur vient de se fissurer.

— Et pour en revenir à Samia et au concert, je suis allé la voir pour lui expliquer. Je n'en avais pas encore parlé à Ben. Il n'y a plus de souci.

J'aimerais me lever pour m'approcher de lui, mais je suis incapable de faire un geste. Je lui avoue dans un murmure :

— Je ne sais pas si je pourrai réussir à vivre un jour sans toi.

Il hésite quelques secondes avant de venir s'assoir au bord du lit.

— Un jour, tu devras faire ta vie avec une femme dont tu seras tombée follement amoureuse et qui te fera perdre doucement la tête. Si ce n'est pas Emma, ça sera quelqu'un d'autre. Un jour, notre relation passera au second plan…

Je secoue la tête et mes larmes commencent à couler.

— …et ça sera normal, ma Charlie. Ça sera la vie. Ce n'est pas pour ça que je n'en ferai plus partie.

— Tu ne passeras jamais après.

— Si ! Il le faudra bien. C'est dans la logique des choses. Mais tu verras que ça se fera en douceur et que tu ne t'en rendras même pas compte.

— Je ne veux pas vieillir.

Il me lance son sourire « boule à facettes ». Il n'a pas le droit. Pas après ce qu'il vient de me dire. Ses doigts touchent alors un point entre mes sourcils.

— Trop tard ! T'as une ride qui apparaît. Juste là.

Sans réfléchir, je lui attrape le poignet et fais glisser sa main sur ma joue ou je m'appuie tendrement. Je réalise qu'il peut à tout moment s'éloigner de moi et je refuse que ça arrive. Je presse sa paume contre mes lèvres et je le sens tressaillir à mon contact.

— Charlie…

Il prononce mon prénom comme s'il lui brûlait la langue. Des images de nous deux dans ce petit hôtel en Espagne me reviennent par éclairs brefs, intenses, et mes yeux se concentrent sur sa bouche qui articule des mots que je n'ai pas envie d'entendre.

— Ne fais pas ça.

— Ne pas faire quoi ?

— Me regarder de cette façon.

— Je te regarde comment ?

— Comme si tu voulais m'embrasser…

— Et si c'était ce que je voulais ?

— Charlie… on en a déjà parlé et…

— Je sais. Je n'arrête pas d'y penser. Ça me fait peur, mais je ressens quelque chose…

Je pose le poing serré sur mon ventre, ses yeux suivent mon mouvement et il les ferme quelques secondes. Il ne dit rien. Il me fixe ensuite en silence et je réalise que la situation le fait souffrir. Il prend mon poing toujours serré et le place au-dessus de son cœur.

— …et ça fait mal… juste ici.

— Je suis perdue.

— Mais non, je suis là, avec toi.

— Toujours ?

— Toujours.

— Tu me le promets ?

— Promis.

J'ai envie de le serrer fort dans mes bras quand on entend des cris hystériques. Sans trop comprendre, on descend pour découvrir un Ben médusé devant une Zoé qui m'interpelle agressivement :

— Qu'est-ce qu'il fait là ?

Ben répond à ma place :

— Je vis ici.

— Quoi ?

J'avais oublié qu'elle pouvait monter autant dans les aigus.

— Charlie ? Il vit ici ? Chez toi ?

— Oui.

— Mais c'est mon ex !

— C'est aussi un ami.

— C'est une sorte de trahison !

Ben finit par aller sur le canapé en grognant.

— N'en rajoute pas avec un numéro de diva ridicule !

Zoé le fusille des yeux avant de venir vers moi.

— J'ai besoin de te parler. Je pensais qu'on pouvait… et puis là, je me trouve en face de…

— Tu veux qu'on monte dans ma chambre ? On sera au calme.

Elle ne prend même pas la peine de répondre et gravit les escaliers. Je lance un regard surpris à Sacha qui n'a pas bougé et je me contente de hausser les épaules avant de la rejoindre. Elle est devant la fenêtre, les yeux braqués sur notre cours comme si toutes les réponses allaient s'y trouver. Je m'approche et lui prends la main.

— Qu'est-ce qui ne va pas ?

Elle se retourne, les yeux brillants, et me tombe dans les bras.

— Il m'a trompée…

Je lui caresse le dos pour lui montrer que je suis là.

— Il… m'a trompée… pendant les vacances.

Ses sanglots l'empêchent de vraiment articuler, mais je n'ai pas besoin d'autres d'informations pour comprendre la situation. Je l'emmène sur le lit et on reste là, dans les bras l'une de l'autre. Je ne sais pas combien de temps ; jusqu'à ce que Sacha fasse son apparition. Il nous jette un regard inquiet et me demande si ça va en articulant silencieusement. Je secoue la tête. Il me fait comprendre qu'il conduit Ben dehors pour nous laisser tranquilles et je me contente de lui sourire pour le remercier.

♫♫♫

La nuit vient de tomber et on a passé la journée sur mon lit à discuter. Entre-temps, je suis allée nous préparer de quoi grignoter. Elle m'a expliqué comment elle avait pris sur le fait son abruti de Clément avec une autre fille en voulant lui faire la surprise de rentrer plus tôt. Depuis, son portable n'arrête pas de sonner, mais elle refuse de répondre. Elle me parle, elle pleure, elle me parle de nouveau avant de le traiter de tête de bite et de se remettre à sangloter.

— …et moche en plus. Encore elle aurait été canon, j'aurais pu comprendre ! Mais là, on aurait dit la fille de Mme Ragout en pire. Comment j'ai pu être aussi tarte ? Je lui aurais tout donné.

— Je pense qu'aimer les gens nous empêche d'être objectifs.

— On devient forcément con quand on aime ?

— Je crois, oui.

— Comment va Ben ?

C'est la première fois qu'elle me demande de ses nouvelles depuis qu'ils ont rompu.

— Il en a bavé. Il remonte à peine la pente.

— J'ai été affreuse avec lui.

— Je sais.

— Tu ne connais pas la solidarité féminine ?

Je souris en reprenant une poignée de popcorn.

— Je peux rester une nuit ou deux ? Je ne m'imagine pas rentrer dans mon studio. Je n'ai pas envie de le voir.

— Bien sûr !

— Merci. Et toi ? Emma ? Ça va mieux ?

— Elle est passée, hier.

— Et ?

— C'était bien.

— Juste bien ?

— Je crois que je fais un blocage. Tu crois que Nadia a pu me dérégler un truc ? Genre je ne serai plus jamais normale ?

— Charlie, mon mec vient de se farcir une dinde pendant les fêtes de Noël… je ne suis pas sûre d'être de bon conseil.

— On finira seules.

— Au pire, il te restera Sacha. Même si vous ne baisez pas ensemble, tu auras au moins tout le reste.

Je repense à ce qui a failli se passer tout à l'heure. Est-ce que je l'aurais embrassé ? Est-ce qu'il se serait laissé faire ?

— Charlie ?

— Oui ?

— Je… je ne sais pas si j'aurai la force de ne pas revenir à lui.

— Écoute ce qu'il va te dire.

— Je ne sais pas si j'aurai la force de l'écouter s'expliquer.

Elle est allongée et ses yeux se ferment.

— Repose-toi.

♫

Sacha

L'appartement est silencieux. On a passé plusieurs heures à se faire un billard sans trop parler. Je crois que le retour de Zoé a complètement perturbé Ben. Là, il s'est assis comme un zombie sur le canapé. Il en a même oublié le sujet de tout à l'heure concernant mes sentiments envers Charlie. Je nous sers une bière quand je la vois descendre… seule. Je lui tends la mienne, qu'elle accepte en souriant avant de demander à Ben :

— Ça va ?

— Elle est repartie ?

— Non. Elle vient de s'endormir.

Cette situation daube à plein nez.

— Elle compte rester ?

— Sûrement quelques jours.

Ben se lève et file vers son sac qui squatte à côté du canapé.

— Je vais y aller, alors.

— Où ?

— N'importe où. Mais je ne vais pas supporter qu'elle soit juste à quelques pas de moi et que je ne puisse même pas la toucher.

— Ben, soupire Charlie.

Ça fait longtemps que je ne l'ai pas entendue l'appeler comme ça.

— Quoi ? Tu veux que je fasse quoi ?

— Reste ! On est là avec Sacha. Et puis, pense à cette fille.

Il secoue la tête.

— Alors, j'ai besoin de boire.

Je lève ma bière vers lui.

— Buvons, alors !

— À notre team, conclut Charlie.

♫♫♫

La bouteille de rhum est à moitié vide et je ris pendant que Ben nous imite le menton de Rognon. Je ne sais pas quelle heure il est, je sais juste qu'on est tous les trois, insouciants, oubliant qu'une bombe à retardement est à l'étage.

— Quelqu'un peut me servir un verre ?

Zoé.

La fameuse bombe se retrouve devant l'îlot, les yeux encore lourds de sommeil et je me demande combien de temps il nous reste avant que ça n'explose. Charlie la sert sous le regard sidéré de Ben.

— Je ne voulais pas casser l'ambiance.

— Mais pas du tout. Tiens.

Charlie lui tend son verre, qu'elle boit cul sec.

— Ben nous imitait Alex. Tu te souviens ?

— Tu sais qu'il sort maintenant avec Pauline ?

— Pauline Decherve ?

— Elle-même.

— Celle qui louche ?

En nous resservant, je balance :

— Il ne reste plus qu'à espérer qu'ils ne se reproduisent pas.

— Je viens d'avoir une vision des deux et ça me file la nausée.

Charlie achève à peine sa phrase qu'elle s'enfile le verre.

— Non, ça c'est le rhum, enchaîne Ben.

— Aussi !

Elle explose de rire et Zoé finit la bouteille.

— Il y en a plus ?

J'ouvre le placard pour en sortir une autre pendant que Charlie prend le bras de Zoé.

— J'ai envie de danser.

— Il n'y a même pas de musique.

— On peut en mettre.

— C'est moi qui choisis. Les seuls goûts de Lecœur que j'approuve, ce sont ceux qui concernent les filles.

Ben branche son téléphone et du son commence à s'en échapper.

— T'es sérieux ? Brandy et Monica ? *The Boy is Mine ?*

— Cette chanson m'a toujours émoustillé.

— Non, mais toi, même *Le Petit Bonhomme en mousse* t'émoustillerait.

— Au lieu de parler, Lecœur, danse ! Montre-moi ce dont tu es capable.

Les corps de Charlie et Zoé se mettent à suivre le rythme de la chanson. Il y a une sacrée différence de taille entre ces deux-là. Zoé est minuscule, on dirait un format poche alors que Charlie frôle les 1,75 m. Pendant que je profite du spectacle, Ben se rapproche de moi et me murmure à l'oreille :

— Dis-moi que cette scène ne t'excite pas ?

En fait, ce n'est pas cette scène qui me plaît, c'est juste Charlie.

— Je crois que je suis défoncé, mec.

Je me tourne vers lui et il éclate de rire.

— Pas mieux.

— Tu bosses, demain ?

— Ben, tu es au courant que les gens normaux bossent ?

— Tu sais quoi ? Parfois je rêve que je me mets nu, que je m'enroule dans une feuille de menthe et que je dévale une montagne. Tu penses que j'ai été un nem dans une vie antérieure ?

— Je prie surtout pour être assez bourré pour ne pas me souvenir de cette confidence.

— Non, mais imagine on attrape mon sexe pour le tremper dans la sauce soja ?

— J'ai besoin d'un verre.

— Je suis sérieux.

— Moi aussi.

La chanson finit, une autre commence.

— Vitaaaaaaaaaaaaa ? hurle Zoé. Tu as Vitaa sur ton tél ?

— Je l'écoutais quand tu m'as quitté.

— Le fan de R&B qui aime *À fleur de toi* vient de prendre cher, se marre Charlie.

— Oh, ça va…

— Il m'a révélé qu'il rêvait d'être un nem.

Charlie et Zoé décident de se faire un chat glacé. Ou alors c'est le choc de ce que je leur ai annoncé.

— Un nem qui kiffe Vitaa ? résume Charlie.

— Bon, je vois que c'est l'heure des secrets. Vous venez d'en apprendre deux sur moi. À vous… qu'on soit sur un pied d'égalité. Sacha ?

— Quoi ?

— Dévoile-nous un truc.

— On n'a plus dix ans…

— Allez, ça va être drôle.

Zoé et Ben qui s'entendent sur un point ? Je crois rêver ! On ne peut pas passer à côté d'une telle opportunité.

— J'ai peur des aiguilles.

— Alors je dois préciser : révèle-nous un truc qu'on ne sait…

— Charlie et moi, on s'est déjà embrassées, le coupe Zoé.

C'est maintenant à notre tour de jouer au chat glacé, ce qui enchante Zoé.

— J'adore ce jeu !

— Quoi ? Mais quand ? s'affole Ben juste à côté de moi.

— Je sais plus. Plus d'un an. Je voulais savoir ce que ça faisait d'embrasser une fille, et voilà.

— Mais bordel… on était ensemble ? Et tu ne m'as pas invité ? Je suis passé à côté de la chance de ma vie. Qu'on m'achève avec le bouchon de la bouteille de rhum à moitié rouillé !

Zoé s'approche alors de Charlie et l'embrasse, là devant nous. Charlie ne bouge pas, mais ne la repousse pas non plus. J'entends un bruit à mes côtés et remarque Ben par terre.

— J'adore ce jeu aussi ! Vous pouvez vous toucher les seins, maintenant ?

Zoé s'écarte de Charlie et vient se resservir.

— J'ai couché avec Sacha.

Ben s'allonge complètement, Zoé en fait tomber son verre et moi… moi je prie, en râlant, pour qu'on ne se souvienne de rien demain.

— C'est quoi, ce soir ? Ce foutu *Confessions intimes* ?

— Il y a prescription, non ?

Comment elle peut révéler ce moment si particulier, comme ça ? Comme si ça n'avait pas d'importance.

— T'es sérieuse ? demande Zoé choquée.

Charlie se contente de sourire. Elle a décidément trop bu.

— Oui.

Zoé continue son interrogatoire :

— Et t'as aimé ça ?

Là, c'est moi qui n'ose plus faire un geste. Mes yeux sont fixés sur la bouche de Charlie et sur la réponse qu'elle va donner.

— *Une* confidence, on a dit.

Et elle se met à rire… comme ça… naturellement.

— En gros, tout le monde couche avec tout le monde ? conclut Ben. Et si mon rêve de nem était en fait une métaphore sur un pseudo emboîtement de nous quatre ?

— Tu vas trop loin, là… le stoppe Zoé.

— J'aurai tenté. J'ai besoin d'une clope.

— Je croyais que t'avais arrêté ? le sermonne-t-elle.

Il prend son manteau et se dirige vers la porte.

— Pas dans ce genre de moment.

Zoé le suit. Mon regard est toujours sur la porte quand Charlie commence à réparer les dégâts causés par Zoé.

— Merde !

— C'est quoi cette manie de ramasser le verre avec les mains ? On ne vous apprend pas que ça coupe ?

Je m'approche et vois le sang sur sa paume et elle, elle me sourit.

— Je crois que j'ai trop bu.

— Je crois aussi. Reste là, je vais chercher de quoi nettoyer.

Quand je reviens, elle n'a pas bougé, elle est encore contre le comptoir et elle attend sagement. Je lui prends la main et la désinfecte doucement. Je relève les yeux et la surprends en train de me dévisager, comme si elle essayait d'entrer dans mon esprit. Je tente de me reconcentrer sur sa paume et d'éviter de penser à ma respiration qui s'accélère.

— La réponse est : oui.

Mes doigts tremblent. Je ne sais pas si c'est l'alcool ou son aveu, mais elle continue :

— Les autres n'avaient pas besoin de le savoir.

C'est définitivement son aveu.

♫

Charlie

Cette soirée est surréaliste. Ça fait longtemps que je n'avais pas autant bu et je me sens grisée par l'effet de l'alcool. Sacha est toujours focalisé sur ma paume et je me demande s'il a entendu ce que je viens de lui dire.

— Pourquoi tu ne me regardes pas ?

Il frémit.

— Parce que j'ai vraiment très envie de t'embrasser, maintenant, et que c'est une mauvaise idée.

Cette fois, c'est à mon tour de frissonner à ses mots.

— OK.

OK ? Sérieux, Charlie ? T'as pas trouvé autre chose ?

Je réalise que je ressens exactement les mêmes sensations que cette nuit-là.

— OK ?

Il s'avance vers moi et, des deux mains, me caresse les cheveux.

— Ce n'est pas un jeu, Charlie.

Il contemple ma bouche, ses pouces se promènent maintenant sur mes joues. Je n'arrive plus à parler. Ses lèvres se rapprochent des miennes jusqu'à les frôler. Je ne sais pas s'il attend que je change d'avis. Mais je ne bouge pas. Sa bouche glisse sur le coin de mes lèvres et je l'entends à peine me murmurer :

— À cet instant, ça serait plutôt le contraire. Tu m'empêcherais presque de respirer.

Puis il m'embrasse.

Sacha m'embrasse au milieu de notre cuisine et je m'abandonne.

Sa langue se pose doucement sur ma bouche comme si elle prenait le temps de me goûter. Une de ses mains est maintenant sur ma nuque et me maintient fermement. Il continue de m'embrasser… sans cesse… et je tombe dans le vide. Je me presse contre lui et laisse échapper un gémissement qui semble l'inciter à aller plus loin. Je sens ses doigts chauds au creux de mes reins et je n'ai pas envie d'arrêter de chuter.

Puis plus rien. L'ère glaciaire.

Il s'est écarté.

Quand je reprends pied, j'entends des voix : Ben et Zoé font leur apparition. Sacha est à l'autre bout de la cuisine, dans le placard à balais. J'ai rêvé ce qui s'est passé ?

— Je ne me sens pas trop bien. Je vais me coucher.

Zoé me fait un signe en montant les escaliers.

— Ça va, Lecœur ? T'es toute rouge. Faut arrêter la picole.

Je me touche les lèvres, qui ont encore le goût de Sacha.

Je lève la tête vers lui. Son regard ne trompe pas.

Non, je n'ai pas rêvé !

— Bonne nuit.

Sans attendre de réponse, je file m'enfermer dans la salle de bain pour reprendre mon souffle.

Je viens d'embrasser Sacha. Je viens de l'embrasser et j'ai aimé ça.

J'en voulais plus. J'en veux plus.

Je regarde mon visage, témoin du trouble que je viens de ressentir. Je tente de me calmer.

Respire, Charlie. Inspiration… expiration… Voilà, c'est bien.

Puis je sens qu'on me déplace, son corps est de nouveau contre le mien.

Son corps. *Sa* bouche.

Sans arrêter de m'embrasser, il avance jusqu'à ce que je sois bloquée par le mur derrière moi. Ses mains sont partout. Sur mon cou, mes épaules, ma taille. Il n'y a plus cette tendresse qui nous définit habituellement. Ses doigts s'enfoncent dans mes hanches et les miens sont sur son torse.

J'en veux toujours plus.

Il soulève ma jambe, l'enroule autour de lui avant de se presser contre moi avec une telle force que je gémis dans sa bouche. Puis ses lèvres glissent sur mon cou et s'amusent à me torturer. Je ne parviens pas à retenir mes soupirs.

— Charlie, dis-moi que tu as dessaoulé…

Ses mots flottent autour de moi alors que je réalise ce qui est vraiment en train de se passer. Ses doigts s'aventurent sous mon tee-shirt et effleurent mon ventre en remontant petit à petit.

— J'ai dessaoulé…

Il s'écarte tout doucement pour me prendre la main et nos regards se croisent. Sa beauté est à couper le souffle. Avec ses yeux bleu-vert fascinants, ses cheveux épais, sa bouche parfaite pour embrasser. Et son parfum… comme s'il sortait tout le temps de la douche.

— Je suis sérieux. J'en ai plus qu'envie, mais pas comme ça.

Il ponctue cette phrase d'un baiser avant que ses lèvres ne quittent ma bouche pour s'attaquer à ma mâchoire et plonger de nouveau dans mon cou.

— J'ai attendu ce moment depuis trop longtemps… Charlie… je ne supporterais pas que demain tu le regrettes.

Sa voix est comme une plainte au creux de mon épaule. Je ne souhaite pas lui mentir une deuxième fois, alors je me tais, parce que je n'ai pas envie qu'il arrête. On ne se touche presque plus, on se laisse porter par nos respirations anarchiques. Le visage d'Emma m'apparaît soudain et je réalise que je ne veux pas être une Nadia. Je n'ai pas le droit de jouer avec les sentiments de mes proches. Ni avec les siens… ni avec ceux de Sacha.

♫

Sacha

Je suis toujours contre Charlie et je n'ai pas envie de m'écarter. Je sais que si je le fais, elle réalisera que ce que nous faisons est une erreur. Je plonge mon visage dans son cou et je respire encore un peu ses cheveux… son odeur… *elle*. Juste quelques secondes.

Charlie soupire et je comprends que c'est terminé. Mes doigts caressent une dernière fois ses hanches, remontent sur sa taille, effleurent sa poitrine et finissent sur ses joues. Je l'embrasse… un baiser tendre… un baiser qui n'a plus rien à voir avec ceux de tout à l'heure… un baiser que j'ai besoin de prolonger… un baiser qui laisse nos lèvres se frôler un instant…

— Je suis désolée…

Ses mots, qui ont le pouvoir de tout gâcher.

Sa voix. Sa voix cassée résonne dans ma tête. Elle est là, dans mes bras… si belle… si *elle*.

— Je ne veux pas que tu penses que c'est un jeu. J'en avais envie. C'est arrivé…

— Et ?

Plus rien.

C'est la suite qui m'intéresse, même si j'ai bu, vraiment trop bu… même si elle aussi. D'ailleurs, ses jambes ont du mal à la porter. Je décide de répondre à sa place.

— On oublie ? On fait comme si rien ne s'était produit ? Comme si tu ne venais pas juste de me rendre fou ? Parce que c'est ce qui se passe, Charlie. Je deviens taré. Tu me rends taré. Et je ne sais même pas ce dont j'ai le plus envie. Que tu oublies tout et qu'on reprenne notre relation au même point. Ou alors que demain matin tu viennes me rejoindre dans ma chambre en me disant que c'est exactement ce que tu désires, toi. Toi, Charlie. Pas l'alcool, mais juste toi.

— Je… je ne peux pas. Il y a Emma et…

Son regard.

Comment m'enlever de l'esprit toute la détresse que je lis dans ses yeux immenses ? Elle est perdue. *Bienvenue au club, Charlie.* Je lui facilite les choses en rentrant dans ma chambre et en fermant la porte. Je ne veux plus croiser ses doutes, qui me renvoient aux miens. La tête me tourne. Je m'allonge et me noie dans une étendue ambrée.

♫♫♫

Que cette journée a été dure !

Ne plus boire comme ça quand je dois bosser au garage le lendemain. Chaque bruit m'a rappelé que j'avais le crâne en mode tsunami intergalactique ; la tentation de m'enfoncer ma pince coupante dans les tympans pour que tout s'arrête était forte. Mais non ! Ça a continué… pendant des heures… et des heures. Vu mon état, j'ai même dû annuler mon rendez-vous avec Samia. Je devais y passer, mais là, j'ai juste envie de calme… et de retrouver les bienfaits de ma couette…

À l'appart', Aucune voix… Aucun mouvement… Aucun ronflement. J'ai l'impression d'avoir été entendu.

Je vais boire un litre d'eau gazeuse. Soudain, Ben fait son apparition. La pause aura été de courte durée.

— Ça fait plaisir. T'as l'air aussi en *bad* que moi.

Il a même du mal à articuler.

— Rappelle-moi pourquoi on a autant picolé ?

— Pour oublier que Zoé était là.

— Exact !

— Elle dort toujours ?

— Je crois. Je ne l'ai pas vue. Ce matin, j'ai juste aperçu Charlie qui était à la bourre pour son cours de… je ne me souviens pas de quoi, d'ailleurs.

J'ai refusé aujourd'hui de trop penser à ce qui s'est passé hier. Des images floues s'immiscent dans mon esprit. Elle… moi… nos corps l'un contre l'autre…

— En revanche, j'ai des flashs de la soirée… mais je ne sais pas si j'ai rêvé. Charlie et Zoé ?

J'éclate de rire.

— C'était bien réel ? Ce n'est plus un fantasme ?

— Non, non, mec ! C'était tout ce qu'il y a de plus réel.

— Elles se sont pelotées ?

— Non. Enfin, je ne crois pas.

— Dommage !

Il se dirige vers le canapé quand d'un coup il se retourne vers moi.

— Putain, Bourgeois ! Toi et Lecœur ? Ce n'était pas un rêve, ça non plus.

Merde. Si je lui raconte que Charlie et Zoé se sont touché les seins, peut-être qu'il oubliera.

— Comment t'as pu me le cacher ? Traître !

— Je ne voulais pas te perturber.

— Mauvaise réponse ! Dire que tu m'as laissé tout ce temps t'expliquer pourquoi une amitié entre homme et femme ne pouvait pas fonctionner alors que tu savais très bien que ça n'existait pas ! Mais il se passe quoi ? Vous baisez de temps en temps ?

— Non ! C'est juste arrivé une fois. En Espagne.

— Votre week-end ? Après l'affaire Nadia ?

— C'est ça…

— J'avais gagné mon pari.

— Ton pari ?

— Laisse tomber !

— Si j'étais un mec susceptible, je t'en voudrais à mort. Je te ferais une scène. Je jetterais la vaisselle en hurlant à la trahison.

— Je suis désolé. Je ne voulais pas que ça change quoi que ce soit.

— Mais merde, bien sûr que ça change… Regarde-toi ! Tu ne vis que pour cette fille. Tu lui as dit ce que tu ressentais ?

— Non. Et sérieusement, Ben, ne t'en mêle pas.

— Je n'ai pas envie de m'en mêler. Je dis seulement ça pour toi. Tu dégustes, là.

— Ça va, t'inquiète.

— C'est ça… et moi, je ne suis plus amoureux de la fille qui pionce juste au-dessus de nous.

Il s'installe sur le canapé en allumant la télé. C'est sa façon de clore la conversation.

Faut que je dorme. Que je m'allonge et que j'évite de penser. Je m'apprête à jeter la bouteille quand *sa* voix m'interrompt dans mon élan.

— Que cette journée se termine… vite.

Je tourne la tête et *elle* est là… le visage emmitouflé dans une capuche et de grosses lunettes de vue sur le nez. Elle ne les met que rarement. Elle les appelle ses lunettes de repos… ou un truc du genre. Ses yeux se posent d'abord sur la télé allumée avant de revenir vers moi. Elle me demande du bout des lèvres :

— Ça va ?

Je lui mime que non en grimaçant et elle me sourit. Son sourire est sûrement la plus belle chose de cette journée merdique. Elle se rapproche de moi en silence. Ben n'a pas bougé. Ça se trouve, il s'est déjà endormi. J'essaie de me souvenir de ce qui s'est passé exactement entre nous, mais c'est comme si je baignais dans un brouillard. Je ne sais plus comment ça a commencé… ce qu'elle m'a dit … ce que moi je lui ai dit. Juste cette sensation qu'elle en avait envie… Ou alors, je la désire tellement que je l'ai imaginé ? Elle garde son sourire même quand la sonnette retentit et que Ben se met à grogner.

— On ne peut pas faire un rêve de cul tranquille dans cette baraque ?

Charlie enlève son manteau en allant ouvrir à… Emma. Je suis trop con. J'avais oublié quelques paramètres dans l'équation. J'observe la scène sans bouger. Emma souriant…

Emma s'approchant… Emma embrassant Charlie… Charlie qui se laisse faire.

— Ça va toujours ? me murmure Ben que je n'avais pas vu se déplacer.

— Nickel.

— Tu mens mal !

— Je sais.

Emma entre avec son aisance habituelle.

— Salut, les gars.

— Salut, jolie Emma, lui réplique Ben.

— Je dérange ?

— Pas du tout, enchaîne Charlie. C'est juste que Zoé, une amie, squatte ma chambre.

— Ah. Tu préfères qu'on aille chez moi ?

Le regard de Charlie passe de moi à Emma.

Réponds non, Charlie… s'il te plaît…

— Oui…

Je me retiens au comptoir pour ne pas tomber.

DE NOS JOURS...

Sacha

J'erre dans la maison depuis que j'en ai chassé Charlie, il y a deux jours. Je passe de pièce en pièce comme si je ne reconnaissais plus vraiment les lieux. Je m'attends peut-être à ce que maman sorte de la cuisine en me demandant si j'ai faim, ou de la véranda avec son livre à la main, ou de la salle de bain en chantant un de ses morceaux préférés. Papa vient de m'avertir qu'il allait sur la falaise, là où on a jeté ses cendres. Comme chaque fois, il a refusé que je l'accompagne. Pour se justifier, il m'explique qu'il a besoin de lui parler, de la sentir, de la vivre, de la pleurer. S'il m'avait simplement dit qu'il voulait se retrouver seul avec elle, j'aurais compris. Moi, je n'ai pas encore eu la force d'y retourner.

Au lieu de ça, je suis devant la porte de sa chambre. J'appuie le front dessus. Je ne sais pas ce que je cherche. Je ne sais même plus ce dont j'ai envie. Quand je me sens prêt, je la pousse et remarque l'armoire grande ouverte. Ses produits sont toujours bien à leur place sur la commode, comme son parfum. Son long gilet gris est sur le lit et je me retiens de courir le respirer. Cette chambre est comme nous… elle attend son retour… patiemment.

Sur une chaise, dans le coin, je distingue une robe bien emballée dans une housse et je la reconnais tout de suite. C'est celle qu'elle avait prêtée à Charlie. Des images de nous trois, ici, se dessinent doucement dans mon esprit. Maman la coiffant. Maman la rendant *femme*. Moi essayant de me convaincre qu'elle était et resterait toujours ma Charlie, celle qui grimpait dans la cabane… celle de la Cité des non-droits.

— Vous faites quoi ?

— Je prépare Charlie pour qu'elle cloue le bec de Sullivan.

Charlie me regarde, inquiète :

— Ça te plaît ?

— Pas mal !

— Pas mal ? Elle est magnifique, oui… me gronde maman.

Elle avait raison. Je mentais. J'étais sous le choc. Charlie en femme.

Quand je m'approche, je vois un mot épinglé sur la housse : « donner à Charlie ». Mes jambes lâchent et je me retrouve au milieu de cette chambre, à prier pour que je puisse la revoir, juste quelques minutes. J'ai la douloureuse sensation qu'on m'a volé notre dernier souvenir. Si j'avais su que c'était le dernier, je l'aurais serrée plus fort dans mes bras, je lui aurais murmuré combien je l'aimais et combien j'avais encore besoin de ses mots à mon oreille. À la place, je l'ai embrassée, comme je le fais à chaque fois. Je lui ai soufflé un simple : « je reviens vite » avant d'enfourcher ma moto. Même pas un « je t'aime »... même pas un « merci »... même pas un *rien* qui pourrait me faire du bien et apaiser ma souffrance.

♫♫♫

— Je sais, t'inquiète pas.

— Bien-sûr que je m'inquiète. Je suis coincé sur cette putain d'île alors que je devrais être avec toi ! Je deviens fou !

— Tu l'as toujours été.

— Non, mais je suis sérieux, mec !

— Comment va le boulot ?

— Bien.

— Tant mieux.

— Elle, *elle* est venue ?

— Oui.

— Tu lui as parlé ?

— Oui.

— Tu ne veux pas *me raconter* ?

— Non.

— Tu vois, c'est pour ça que je craque de ne pas pouvoir te secouer un peu.

— Je dois te laisser, Ben, on sonne.

— OK, mec ! Prends soin de toi.

Je raccroche et fixe, de ma fenêtre, le portillon. Il n'y a personne. Je n'avais pas la force d'en dire plus. Je crois que j'ai juste besoin qu'on me foute la paix et qu'on m'abandonne dans ma colère, dans cette putain de tristesse qui me ronge. Mon regard passe du portillon à la rue, puis à la maison de M. Pouillet. Enfin, ça fait des années que ce n'est plus *sa* maison. Les Fostin, un couple avec trois gamins, s'y sont installés. Les enfants doivent maintenant avoir plus de dix ans. Je les revois quand ils ont emménagé. Avec Charlie, on imaginait que M. Pouillet allait venir les hanter. Qu'il ne supporterait pas que des mioches fassent du bruit chez lui. Apparemment, on s'est trompés, ou alors les Fostin sont beaucoup plus résistants qu'on ne l'aurait pensé.

Et puis, alors que mes yeux continuent de parcourir la rue, ils croisent les siens. Mon corps entier se crispe. Elle se tient là, avec sa petite robe légère, à me sourire et à me faire un signe comme si de rien n'était. Ses cheveux en désordre sont lâchés et encadrent son visage. Putain, qu'est-ce qu'elle est belle ! Mes souvenirs avaient sûrement omis cette réalité que je préfère écarter au plus vite. J'inspire et expire doucement pour essayer de retrouver un rythme régulier. J'ai réussi à tenir sans elle pendant dix ans… Je dois pouvoir tenir encore quelques jours. Il faut juste que je parvienne à l'éviter. Comme on est voisins, ça ne devrait pas être difficile, hein. Je tente de me persuader que c'est ce que je veux.

Ne plus la voir.

Ne plus la toucher.

Ne plus la respirer.

Quand je retourne à la fenêtre, elle a disparu… et je réalise que mon soulagement n'est pas à la hauteur de ma déception.

♫

Charlie

Ça fait deux jours que je n'ai pas vu Sacha. Je l'ai aperçu derrière sa fenêtre, mais je ne sais toujours pas comment l'aborder. Je décide malgré tout de faire ma visite habituelle à M. Pouillet. Et je me retrouve là, assise sur sa tombe, à enlever les mauvaises herbes.

— Les enfants ont grandi. Ils ont cassé la lanterne de l'entrée et j'ai entendu leur maman hurler après eux. Je crois que ce sont les jumeaux. Ils ont l'air terribles. Ils font du vélo dans la rue. Ils ne font attention à rien. Comme si la rue leur appartenait… Sacha ne veut plus me voir. Ça va faire dix ans que je vous répète ça, mais c'est encore plus dur aujourd'hui, qu'il me le dise alors qu'on est juste l'un en face l'un de l'autre. Il m'a regardée dans les yeux et il m'a demandé de me casser. Au début j'ai résisté, puis j'ai craqué. J'ai fui. Je n'aurais pas dû, mais je ne sais pas comment m'y prendre pour rattraper tout ce temps perdu. Juliette me dirait sûrement que le temps ne se rattrape pas, mais peut nous aider à réparer. Si vous la voyez, dites-lui qu'elle me manque… tellement. Que j'ai encore besoin d'elle, de ses mots, de sa douceur, de ses conseils. Qu'elle me parle de lui, de sa vie, de ses projets… de ses doutes… de ses réussites… de tout ce qui le concerne. Que je voudrais l'écouter en silence dans leur véranda, les yeux qui brillent et le sourire au bord des lèvres.

Je reprends mon souffle.

— Je dois repartir dans quelques jours. Sullivan veut que je le retrouve dès que je peux. Je suis incapable de lui dire quand. Vous pouvez vous imaginer dans quel état il est. Il ne supporte pas de n'avoir jamais réussi à me contrôler. Il essaie constamment… il peut essayer.

J'essuie une larme qui coule sur ma joue.

— Si vous le voyiez… Malgré les airs de dur qu'il se donne, il a toujours ce petit quelque chose dans le regard. Je le sens. Il tente de le cacher, mais je le connais. Il ne peut pas être aussi froid. Il n'a jamais su bouder…

Mes sanglots prennent le dessus. Après quelques minutes, je parviens à me ressaisir.

— Je ne sais pas si je pourrai reprendre ma vie… faire comme avant. Je ne vais pas supporter de le laisser encore. Je ne vais pas y survivre. Il fait partie de moi. J'aimerais qu'on retourne dans votre salon écouter les Coasters. J'aimerais vous entendre vous plaindre qu'on a deux pieds gauches et râler pendant qu'on se marche l'un sur l'autre. J'aimerais qu'on retrouve cette insouciance. J'aimerais avoir fait des choix différents…

— Moi aussi.

Sa voix.

Je me lève, pivote, et il se tient là, devant moi.

— Tu… tu es ici depuis longtemps ?

J'essaie de me rappeler tout ce que j'ai pu raconter. Je panique un instant, puis je me souviens que c'est Sacha ; je n'ai rien à lui cacher.

— Moi, c'était le contraire. Dès qu'elle commençait à parler de toi, je changeais de sujet. Elle a tout fait pour que je revienne sur ma décision. Je me disais que si je savais ce que tu devenais, avec qui tu vivais… je craquerais. C'était hors de question. J'avais fait le plus dur. Te quitter.

Je le dévisage pendant qu'il me balance ces mots douloureux, mais essentiels pour qu'on puisse avancer.

— Du coup, elle laissait traîner des indices. Un flyer pour une expo. Une adresse. Un numéro. Elle ne supportait pas de me voir comme ça. Mais j'ai tenu, Charlie. J'ai tenu parce qu'il le fallait. Et j'ai réussi à construire ma vie… sans toi.

— Et ça te convient ? Tu es heureux, Sacha ?

— Et toi ?

Il s'approche doucement de moi et nos corps se frôlent… presque… juste ce qu'il faut.

— Je veux qu'on retourne où je n'ai pas été capable d'aller il y a dix ans.

— Et maintenant, tu l'es ?

— Oui. Je l'ai toujours été. Mais je ne l'ai compris que quand tu es parti.

— Putain, Charlie ! Je le savais… Je savais que tu réussirais à me retourner le cerveau.

— Écoute, je sais que je n'arriverai pas à rattraper tout ce temps, mais on peut… je ne sais pas… je peux au moins t'inviter un soir ?

— Je ne crois pas.

— S'il te plaît…

— Il n'y a personne ?

— Il y avait… mais j'ai arrêté quand j'ai appris pour Juliette.

— Tu étais si sûre de toi ? Sûre que j'allais revenir ?

— Non… mais je n'aurais pas été honnête avec elle. Tout est remonté… mes sentiments… J'ai réalisé que je m'étais juste voilé la face pendant tout ce temps. Je peux venir te chercher, ce soir ?

Je ne sais pas ce que je vais faire s'il me répond non. Mon cœur est en train de battre une mesure beaucoup trop rapide pour lui.

— Je mange avec mon père.

— Demain ?

Dis oui.

Dis oui.

Dis oui.

— Je ne suis plus le Sacha qui faisait tes quatre volontés. C'est fini…

— Je ne veux pas de ce Sacha-là. Alors, demain ?

Il s'écarte en me lançant comme si de rien n'était :

— Passe à 20 heures.

Et je reste là, la bouche ouverte, mes mauvaises herbes à la main.

2005

Charlie, 20 ans

Je viens de passer la nuit chez Emma. Je suis HS. Je découvre Ben sur le canapé. Il ronfle, c'est bon signe. Je vais à l'étage, ouvre la porte de ma chambre et aperçois Zoé qui respire fort, elle aussi. Puis mon regard se pose sur *sa* porte.

Une boule gonfle dans ma poitrine et remonte dans ma gorge. Jamais je n'aurais cru que notre relation pouvait m'oppresser autant. J'avance sans faire de bruit.

Personne ! Je reste immobile un moment, demandant à mon cerveau de se connecter.

Samia. C'est évident. J'entre lentement et m'allonge sur son lit. C'est peut-être mieux ainsi. En dépit de la fatigue, j'essaie de me remettre les idées en place. Je ferme les yeux… en respirant son odeur…

Un.

Deux.

Trois.

Inspiration…

♫♫♫

— Charlie…

Sa voix me réveille en douceur…

— Qu'est-ce que tu fais là ?

…malgré une pointe de reproche.

— Tu ne me poses jamais la question, d'habitude.

— D'habitude, on ne s'embrasse pas dans la salle de bain.

— Tu veux qu'on en parle ?

— Pas maintenant. Je suis fatigué.

— T'étais avec Samia ?

— T'étais avec Emma ?

— C'est fini.

Ses yeux s'emplissent d'espoir. Un espoir que je ne vais sûrement pas tarder à piétiner. Je n'ai pas envie de le décevoir.

— C'est fini parce que je ne voulais pas être une sorte de Nadia. Une Nadia qui se servait des sentiments des autres. Ses propres doutes ont eu trop d'influence sur moi. J'ai trop souffert... J'en souffre encore. Je ne veux pas...

— Tu n'as rien à voir avec Nadia.

Il me murmure ces mots en me caressant tendrement la joue.

— Ces jours-ci... je me comporte exactement comme elle.

— J'étais sérieux hier soir quand je t'ai balancé tout ça. Je ne me souviens pas de tout, mais j'étais sérieux.

— Je sais.

Et ça me fait peur.

— Et toi ?

— Quoi, moi ?

— T'en penses quoi ?

— Je ne sais pas.

Et voilà.

Je la perçois. La fameuse déception que je ne voulais pas surprendre.

Il ne dit rien. Il se contente de me dévisager. Comme si je venais de prendre son infime espoir dans mon poing et que je l'avais serré si fort qu'il s'était brisé en une multitude de petits morceaux.

— Ne me regarde pas comme ça.

— Comment je te regarde, Charlie ?

— Comme si je t'avais déçu...

Il m'attrape la main pour la poser au-dessus de son cœur.

— Tu sais maintenant ce que j'ai en moi. C'est ancré ici depuis bien trop longtemps. Je veux être avec toi.

— Je le suis déjà...

— Non ! Je te veux tout entière...

— Je... je ne peux pas. Je dois savoir d'abord où j'en suis. Je n'ai pas envie de tout gâcher. J'aime les femmes, je ne peux pas l'oublier. Je dois comprendre. Savoir si je suis prête...

— OK.

— OK ?

— Qu'est-ce que je peux te dire de plus ?

— Que tu me comprends ?

— Pas tout de suite, Charlie.

Et c'est maintenant que je panique. J'ai des difficultés à reprendre mon souffle.

— Dis-moi que rien ne va changer entre nous… que tu ne m'en veux pas… Dis-moi que tu seras toujours là malgré tout… dis-le moi parce que sinon, je ne sais pas si je pourrai vivre de nouveau normalement.

— Charlie…

— Dis-le-moi, Sacha ! C'est tellement fort, ce que je ressens ! Si tu pouvais lire ce qui se passe dans mon cœur, tu comprendrais.

Je sanglote. J'ai si peur de le perdre que ça me fait mal.

— Ne me déteste pas, Sacha…

Puis je ressens son corps, ses bras…

Il me parle. Me berce.

Ma respiration s'apaise.

Mes sanglots aussi.

UN MOIS PLUS TARD...

Sacha, 22 ans

Elle est au-dessus de moi.

Sensuelle. Sauvage. Puissante.

Mes mains descendent de ses hanches à ses cuisses et elle continue de bouger son corps de façon si érotique que je vais exploser. On dirait une amazone. Son regard plongé dans le mien décuple mes sensations. La voir jouir aussi intensément me fait basculer à mon tour dans l'orgasme. Putain !

Elle s'écroule contre mon cou et ses épais cheveux noirs me caressent le visage.

— Tu restes ?

J'embrasse le coin de sa bouche et me contente de faire oui de la tête. Elle me sourit, se lève et file sous la douche, comme chaque fois. Elle n'a aucun souci avec son corps. C'est le genre de femme qui assume tout ce qu'elle est, tout ce qu'elle fait. C'est ce qui la rend aussi désirable.

Sensuelle. Sauvage. Puissante.

Même si elle n'est pas *elle*.

Ça va faire un mois que j'ai enfin avoué ce que je ressentais à Charlie. Un mois qu'elle m'a fait comprendre ce que je redoutais, qu'elle n'était pas prête pour le tournant que je veux donner à notre relation. Un mois que son regard n'est plus le même. Un foutu mois.

Elle n'est plus avec Emma, mais elle n'est pas avec moi non plus. Je me souviens du soir où Charlie est partie avec Emma. La colère qui m'a mené chez Samia. Je me suis dit que si je la baisais, ça me permettrait d'évacuer cette rage. Mais une fois arrivé, je n'ai pas pu. Mon corps n'a fait qu'un avec mon esprit et il n'y avait plus qu'*elle*. Samia ne m'en a pas voulu. Elle avait compris depuis le début… Elle avait compris qu'elle ne pourrait rien avoir de plus que ce que l'on avait déjà. Le reste appartenait à Charlie. Elle s'en est toujours accommodée, je crois même que ça l'arrangeait. Pas d'attache sentimentale… elle avait déjà donné.

Puis, il y a une semaine, j'ai réalisé que peut-être Charlie ne serait jamais prête… et quand Samia, un soir de fermeture, est venue de nouveau vers moi, j'ai arrêté de réfléchir… J'ai arrêté de jouir en imaginant *son* visage, son corps cambré sous le mien…

— Mon avocat est confiant. L'affaire a tourné en ma faveur. Ce connard va certainement me devoir de la thune.

Elle me rejoint, toujours nue. Elle sent bon.

— Bonne nouvelle.

— On m'a aussi offert une opportunité. Ouvrir un *Black Out* sur Paris d'ici un mois.

— Tu comptes quitter Montpellier ?

— Sûrement au début, oui. Au moins pour tout mettre en place.

— Cool.

— Ça te dirait d'en faire partie ?

— De quoi ?

— De ce projet.

Je réponds instinctivement :

— Non !

— Je te trouve bien catégorique. Tu ne veux même pas y réfléchir ?

— Pas besoin. J'ai trop de liens, ici.

— Trop ?

— Mes parents. Mes amis. Le soleil…

— Elle.

— Oui… *elle* !

— Écoute, je n'ai jamais abordé ce sujet parce que ça ne m'a jamais dérangée. On a toujours été honnêtes l'un envers l'autre. On ne s'est jamais rien promis et c'est ça que j'aime entre nous. Mais s'il te plaît, Sacha, ne construis pas ta vie en fonction d'une seule personne. Je l'ai fait à un moment et ça ne m'a apporté que des emmerdes. Tu finiras par être seul… et ça me fait mal de l'imaginer.

Je ne dis rien, alors elle continue :

— Je te propose une échappatoire. Une planche de salut… Cette vie, elle t'appartient. Et tu la survoles à peine. Ne la laisse pas te glisser entre les doigts pour un idéal qui n'existe pas.

Oui. C'est exactement ce que je fais. Je cours après une chimère. Seulement, même si c'est vrai, je suis incapable de partir. De tout quitter. De *la* quitter. C'est inconcevable. Oui, je survole ma vie… mais au moins je suis dans les airs… avec *elle*.

Samia se couche à mes côtés et m'embrasse avant de se blottir sous la couette. Ses mots tournent en boucle dans ma tête. Et quand je ferme les yeux, c'est le visage de Charlie qui apparaît.

♫

Charlie, 21 ans

— Allez, mademoiselle Lecœur, il est temps de rentrer. Vous n'êtes plus en mesure de rien faire.

— Je ne suis pas fatiguée.

Depuis des semaines, je passe mes journées dans son atelier. Je tente de mettre en place cette expo. Je saisis le moindre prétexte pour ne pas me retrouver face au regard de Sacha… face à cette réalité qui ne serait plus ce *nous*.

— À qui voulez-vous le faire croire ?

— À vous ! Ça serait déjà un bon début.

— Eh bien, c'est raté. Vous êtes toute pâle, vox yeux sont cernés. Je ne sais pas ce qu'il y a, mais c'est de pire en pire. Essayez de vous reprendre.

— Et si vous vous occupiez davantage de ce que je peins et moins de mon allure ?

Subitement, sa main est sur mon poignet et il me tourne vers lui.

— Je ne vous ai donc rien appris depuis toutes ces années ? Tout est lié. La peinture, c'est un tout.

De son autre main, ses doigts suivent la courbe de ma hanche, sans me toucher. À peine un frôlement.

— C'est votre corps.

Ils remontent ensuite sur ma taille, ma poitrine, mon cou, mon visage…

— Votre âme…

Mes yeux essaient de se fixer tant bien que mal sur les siens, mais c'est difficile.

— Ce que vous peignez, c'est ce que vous êtes…

— Vous peignez toujours l'arrogance ?

Un léger sourire apparaît au coin de ses lèvres.

— Toujours…

♫♫♫

L'appartement est calme… trop calme.

Ben a trouvé un studio depuis quelques jours, et Zoé s'est rapidement remise avec son abruti de mec. Quant à Sacha… entre le garage, le bar et *elle*… on ne fait que se croiser. J'ai arrêté de bosser là-bas, il y a quelques jours. Je ne pouvais plus suivre le rythme et puis, pour être honnête, je ne pouvais plus la supporter, déjà que je n'avais jamais ressenti pour elle une quelconque affinité. Un soir, j'ai craqué, alors que j'étais de fermeture et que je m'occupais de tout nettoyer. Elle a débarqué avec ses grands airs.

— Charlie, tu n'oublieras pas le comptoir.

— Je n'oublie jamais le comptoir.

— Je préfère te le préciser.

Je lui jette un regard noir et j'essaie de me contrôler. Je choisis de ne rien dire et de me défouler sur mon chiffon.

— Un souci ?

— Non. Pourquoi ? Je devrais en avoir un ?

— Je te pose justement la question.

Le chiffon, Charlie. Le chiffon.

— N'oublie pas qui est le patron.

— C'est ce que tu répètes à Sacha pour qu'il te baise ?

— Tu vas trop loin… et pour info, je n'ai pas besoin de le forcer. Je lui offre ce dont il a besoin.

Je jette mon chiffon et vais récupérer mes affaires.

— Ce n'est plus la peine de revenir, Charlie…

— Avec plaisir… et, au fait, un dernier conseil : tente le botox, parce que là, ta cinquantaine se fait vraiment sentir. Tu commences à prendre cher.

Instinctivement, je vais dans sa chambre, mais la trouve déserte… comme souvent. Je suis déçue, mais je ne peux pas lui en vouloir. Je ne peux m'en prendre qu'à moi. Ça va faire un mois qu'on a dérapé… un mois que j'ai rompu avec Emma. Un mois qu'il m'a fait comprendre qu'il avait envie d'un « plus » que je ne suis pas capable de lui apporter. Je ne suis pas assez stable. Je ne suis pas assez sûre de moi. Je ne veux pas courir le risque de le perdre... Depuis, il est retourné avec cette garce de Samia. Et moi, j'erre dans mon propre corps. Avant, je flottais au-dessus des nuages, mais ces temps-ci, je suis redescendue, je me perds en moi-même.

Dans la salle de bain, je fixe mon reflet. Sullivan a raison. Je fais peur à voir. Mes cheveux sont rassemblés au-dessus de ma tête dans un chignon croulant. Je ne supporte plus leur teinte. Je crois que c'est moi que je ne supporte plus. Ces yeux qui me paraissent trop grands... ces poches... ces joues creusées... ces taches de rousseur... ce regard vide... Je ne me reconnais plus.

— Ça va ?

Sacha est sur le pas de la porte. Je croise son regard dans le miroir.

— Tu penses que je devrais me teindre les cheveux ?

— Pourquoi ?

Je les détache et me passe la main dedans.

— Pour changer.

— Pourquoi t'as envie de changer ?

— J'en ai besoin.

Il s'avance vers moi, dispose délicatement quelques mèches sur mes épaules, puis ses mains se placent sur mon visage. Il m'oblige à me tenir face au miroir.

— Tes cheveux sont parfaits. La seule chose que tu devrais changer, c'est ça...

Son pouce glisse sur le coin de ma bouche. Je ne comprends pas.

— Ton sourire, Charlie. Ton sourire a disparu.

On se dévisage mutuellement. Je ne sais pas si c'est la fatigue, mais j'ai envie de pleurer. Je ferme les yeux pour ne pas le lui montrer. J'en ai assez fait. Je sens ses deux mains sur mes épaules et il me tourne vers lui. Ses doigts sont maintenant sous mon menton.

— Charlie...

— Tu me manques.

Ces trois mots implantés en moi depuis tout ce temps ont décidé de prendre leur envol et ils me libèrent enfin.

— Je suis là...

— C'est faux, Sacha. Tu le sais… Et moi, c'est pareil. Je déteste cette routine qui s'est installée entre nous. On se parle sans se parler… On est sans cesse trop occupés… Je déteste cette situation… et je la déteste encore plus parce que c'est moi qui nous y ai mis.

Il caresse ma joue et me sourit.

— Tu ne peux pas savoir comme ce sourire me fait du bien…

— Il n'est jamais parti. C'est juste que tu n'y faisais plus attention.

— Je suis tordue…

— Je sais…

— Tu veux toujours passer le week-end prochain avec moi ?

— Tu en doutes ?

Je pose alors mes mains sur les siennes.

— Sacha, regarde-moi. Je doute de tout… C'est pire qu'avant. Je doute de ce que je peins… Je doute de ce que je suis… Je doute de ce que j'ai envie d'être… Je doute de ce que tu ressens pour moi.

— Tu ne devrais pas. Malgré ce que tu penses, je suis le même. Pour moi, tu consacrais tout ton temps à ton expo, ce que je peux comprendre. Je savais que tu reviendrais.

— Tu ne m'en veux pas ?

— T'en vouloir de quoi, Charlie ? D'aimer t'isoler pour peindre ? D'avoir une opportunité aussi merveilleuse que cette exposition ? D'aimer les femmes ?

— Moi, je m'en veux…

— Il n'y a pas longtemps, on m'a dit que notre vie nous appartenait et je vais me rattacher à ça. Assume tes choix, Charlie… Assume tes actes. Ce n'est pas à moi de le faire à ta place, me balance-t-il avant de sortir de la pièce, me laissant plantée là.

♫

C'est le fameux week-end ! Celui qu'on attend depuis des semaines… et qu'on espère depuis toujours. Je patiente dans le salon. Ça fait trente minutes qu'elle devrait être en bas.

— Charlie, le chauffeur est là… magne !

Elle descend, essoufflée, comme si elle venait de courir pendant trente-six heures sans s'arrêter… Elle porte sa casquette et je la revois quand elle avait dix ans, le jour où elle est sortie de cette voiture et où elle a changé ma vie.

— J'ai peur d'oublier un truc.

— T'as les places ?

— Oui.

— Tes papiers ?

— Oui…

— C'est bon, alors. On peut partir.

Elle trottine, se prend les pieds dans son sac à dos et se vautre lamentablement.

— Lecœur à mes pieds. Si on m'avait dit ça un jour…

Ben essaie de la ramasser, mais Charlie repousse sa main.

— Dans tes rêves, Garnier !

— Toujours aussi désagréable !

— Toujours aussi nuisible.

— Quand vous aurez fini, on pourra y aller. L'avion ne va pas attendre.

— Je te signale que c'est Lecœur qui nous fait poireauter depuis un bail.

— Va te faire foutre…

— Moi non, mais avec toi…

Et dire que j'ai proposé qu'on parte tous ensemble… Parfois, j'ai vraiment des idées à chier. Pendant le trajet vers l'aéroport, Ben nous explique qu'il veut tenter à nouveau sa chance avec Clara. C'est la petite brune avec qui il était sorti deux ou trois fois, mais qu'il avait laissé tomber pour ressortir avec Zoé. Le problème, c'est que Zoé n'était pas au courant, qu'il s'est fait son film tout seul et qu'il a dû encore en baver pendant des semaines avant de s'en remettre. Il a l'air d'aller mieux. Le souci avec lui, c'est qu'il a souvent l'air d'aller bien, mais qu'au final c'est rarement le cas.

♫♫♫

Londres. Il pleut.

Je pensais que c'était un cliché… mais je me suis peut être trompé. Je me sens toutefois plus en confiance sur la terre ferme, même sous la pluie.

— Ça va ?
Charlie me regarde, inquiète.
— Ça ira quand on aura atterri.
— Dans deux heures…
— Ça risque d'être long…
— T'es sûr que tu ne veux pas être près du hublot ?
— Oui.
Ses doigts se posent sur les miens.
— Tout va bien se passer.
— Je sais…
— Fais un vœu… C'est la première fois.

On a ensuite contemplé les nuages… On flottait vraiment avec eux. Ce n'était plus juste une métaphore.

— Sacha, celui-là ! On dirait une sorte de fouine.
— Moi j'aurais dit Mme Ragout.
— Ça revient au même.
— C'est pas faux…

Peut-être que ce week-end sera une parenthèse dans tout ce qui se passe entre nous. Ou plutôt, dans tout ce qui ne se passe pas…

— Tu flottes toujours ?
— Charlie, on est au moins à 30000 pieds… alors je fais plus que flotter.
Elle ne me regarde pas. Elle continue de fixer le nuage de Mme Ragout.
— Tu flottes toujours avec moi ?
J'accentue ma pression sur sa main.
— Toujours…

Oui, une jolie parenthèse…

Le taxi nous conduit à l'adresse que nous a indiquée Samia. Son pote nous prête son appartement à deux pas de Covent Garden. Il jouxte le quartier des affaires et des finances et on peut tout trouver sur place. Petit, cosy, au premier étage. Juste ce qu'il nous faut pour passer deux nuits. Alors que mes yeux font rapidement le tour du propriétaire, Charlie se dirige vers la salle de bain.

— J'ai besoin d'une douche.

Il y a une chambre. Un canapé.

Je vais sur le balcon. Il est minuscule. On dirait celui de la maison. Je regarde la rue. Les passants avec leur parapluie. À Montpellier, il n'a pas plu depuis des mois.

— Il est top, cet appart' ! me souffle Charlie en me rejoignant.

— Oui ! Je dormirai sur le canapé. T'as qu'à prendre la chambre.

Elle me fixe, visiblement déçue.

— Comme tu veux.

— Tu as envie qu'on teste la bouffe anglaise ?

— ...et la bière.

♫♫♫

Au début, on courait pour ne pas être mouillés, puis, à un moment, on a juste arrêté de courir. Ça change de l'Espagne et de notre Sud... Je me sens complètement perdu, jusqu'à ce qu'on tombe sur une rue avec des pubs et que je retrouve mes repères. Charlie nous commande de quoi boire et manger au bar. Apparemment, ça ne sert à rien de s'asseoir à une table en attendant que le barman vienne à nous. J'avais presque oublié qu'elle avait passé deux ans en Irlande.

— Je n'arrive pas à croire qu'on y est. Demain, à cette heure-ci, je serai sûrement en train de sauter partout.

— Du moment que tu ne tombes pas dans les vapes.

— L'angoisse ! T'imagines ? Je m'évanouis et je ne vois rien du concert ?

— Je te préviens que je te laisserais par terre.

— Je suis émue par tant de solidarité.

— Je sais.

On boit notre pinte en grignotant. Ça ne ressemble pas à grand-chose, mais ce n'est pas mauvais. La musique est forte, les gens rient. Un groupe commence même à chanter. Charlie les suit. Je ne connais pas du tout. Je pensais que j'avais une vision cliché des Britanniques et je réalise que non, en fait… c'est comme ça que ça se passe : la pluie, les pubs, les chants.

Quand Charlie retourne commander, elle se fait accoster par un type. Il n'est pas très grand et il a des tatouages sur toutes les parties visibles de son corps. Il lui sourit et elle lui répond. Je voudrais qu'elle me sourie aussi naturellement… Je ne sais même plus ce qu'elle a sur le cœur. Elle s'est complètement renfermée. Mais je dois m'en tenir à ce que je lui ai dit, c'est à elle de venir, maintenant… ce n'est plus à moi. Je lui montre que je suis là et que je ne renoncerai pas, mais c'est à son tour de se livrer… Je les épie. Il lui révèle un de ses tatouages et elle rit. Depuis combien de temps je n'ai pas entendu ce son ? Il lui donne une carte. Son numéro ? Quand elle revient vers moi, elle a toujours ce magnifique sourire.

— Tu sais quoi ?

— Il t'a offert les verres ?

— Non ! C'est un tatoueur. Il veut bien me tatouer, ce soir.

Quoi ? J'en recrache ma bière.

— Tu plaisantes ?

— Non.

— T'es saoule ?

— Non !

— Alors pourquoi ?

— J'ai toujours eu envie de me faire tatouer.

— Tu ne me l'as jamais dit.

— En fait, j'ai peut-être toujours eu envie depuis… quelques minutes.

— T'es cinglée !

— Puis parfois je me dis qu'il faut que j'arrête de trop réfléchir.

— Non, mais que tu dises ça pour acheter une chanson sur iTunes ou que tu hésites entre un Malabar Coca ou fraise, je veux bien, mais pas pour ce genre de choses.

Le type lui fait un signe avant de sortir et elle continue de lui sourire.

— Tu penses quoi des paroles de *One* ?

— Je dis que je suis dans une faille spatio-temporelle.

— C'est ça… les paroles de *One* sur le poignet… Ça sera parfait. Juste là… Tu m'écoutes ?

— Non.

— Non ? Sacha… Ça fait des semaines que je me cherche et que je n'ai même pas réussi à me trouver un tout petit peu. J'ai besoin de faire ça…

— C'est quoi la prochaine étape ? Te faire percer le téton ?

— Tu m'emmerdes !

Je la regarde finir sa bière et sortir à son tour. Je me dépêche de l'imiter et la retrouve… sous la pluie.

Foutue Londres !

— Charlie ! Attends !

Elle s'arrête et me fait face.

— Si tu veux te faire tatouer… vas-y, fais-le ! Je t'accompagne, même ! Mais comme on a l'habitude de se le dire, fais-le pour de bonnes raisons. Pas parce que tu te cherches ces temps-ci… mais parce que tu en as vraiment envie. Ce ne sont pas des paroles de chansons qui feront que tu te trouveras… Je comprends que c'est difficile, mais c'est en toi.

Je place ma main au creux de son ventre.

— C'est là, Charlie. À l'intérieur. Toutes les questions que tu te poses sont là. Je ne sais pas ce que tu attends, ce que tu veux… mais je sais que les réponses sont beaucoup plus près que tu ne le penses.

Ses yeux ambre sont maintenant fixés sur les miens…

— J'ai rien en moi.

— C'est là que tu te trompes. Tu ne cherches seulement pas au bon endroit.

♫

Charlie

Je suis dans mon lit et je repense à cette première soirée.

On a mangé. On a discuté. On a bu. On a ri.

On est allés retrouver le tatoueur et j'ai pris rendez-vous pour demain. Sacha a failli tourner de l'œil rien qu'en voyant une aiguille.

On est rentrés… sous la pluie. C'était simple.

Comme avant.

Jusqu'à ce que je lui pose une malheureuse question pendant le chemin du retour.

— Ça se passe bien avec Samia ?

— T'es sûre que tu veux en parler ?

— Elle fait partie de ta vie, alors oui.

— Alors oui, ça se passe bien.

— Et le bar ? Toujours des soucis ?

— Non, ça se règle. Elle devrait en ouvrir un rapidement sur Paris.

— Paris ?

— Yep !

— Elle va aller vivre à Paris ?

— Juste au début. Elle m'a même demandé de l'accompagner.

Et là, j'ai l'impression que tout ce qui se trouve à proximité s'évapore. Il n'y a plus que lui, moi et les mots qu'il vient de prononcer. Ses mots qui s'enroulent autour de mon cœur et qui le serrent fort jusqu'à le briser. Il ne se rend pas compte de leur impact. Il balance ça comme s'il me disait qu'il pleuvait. Je ne peux plus bouger. Je suis au milieu du trottoir, le visage trempé, et je ne peux plus bouger.

— Charlie ?

Je réalise le pouvoir qu'il a sur moi… cette capacité à me réduire à néant.

— Tu trembles ?

De ses mains, il me frictionne les épaules, mais je ressens à peine son contact.

— Foutue pluie ! Allez viens on rentre, on va se réchauffer.

— Tu partirais ?

— De quoi ?

— Tu partirais avec elle ?

Il me dévisage un moment avant de prendre une inspiration.

— Non !

J'ai la sensation que tout ce que j'essaie de comprendre ces derniers temps explose d'un coup.

— Tu veux savoir ce que j'ai en moi, Sacha ? J'ai peur ! Je suis complètement flippée. J'ai peur qu'on franchisse une limite. La fameuse

limite. Celle qui fait qu'il n'y aura plus de retour en arrière possible. Celle qui peut nous faire du bien, mais qui peut aussi nous détruire. J'ai si peur de prendre une mauvaise décision… Je n'ai jamais eu de doute sur notre relation. C'était simple. On la vivait, c'est tout. Et maintenant, je vis avec cette trouille de tout gâcher. Ça fait un mois que je suis dans cet état. Tu comptes tellement. Je ne peux pas me permettre de me planter. De nous planter. Alors je nous ai mis en pause. Au moins, je me dis que tu fais toujours partie de ma vie…

Il est à présent sur le canapé et moi je n'arrive pas à trouver le sommeil. J'ai enfin réussi à poser des mots sur une partie de ce que je ressens. Je le revois me fixer intensément en me soufflant : « Je ne peux pas le faire à ta place. »

Au bout d'une lutte de plusieurs heures, je me lève et le rejoins. La couverture est en boule à ses pieds. Je l'ai tellement fait. Le regarder dormir. Pourquoi, cette nuit, j'ai cette impression désagréable que je ne devrais pas ?

Je ne réfléchis plus et me glisse à ses côtés, dos à lui et tire la couverture sur nous. Le canapé est assez large pour qu'on tienne à deux sans être l'un sur l'autre, mais assez étroit pour que je puisse tout de même sentir sa peau contre moi. Je suis enfin à ma place.

Un.

Deux.

Trois.

Inspiration.

Je souffle et son bras s'enroule naturellement autour de ma taille, sa respiration contre ma nuque. Je ne sais pas depuis combien de temps je n'ai plus ressenti ça. Si, je le sais. Ça fait un mois. Je prends sa main dans la mienne et je savoure la chaleur qui émane de son corps.

♫

Sacha

Elle est là. Elle est là, sur le canapé, presque collée contre moi.

Merde !

Je suis partagé entre l'envie de la serrer fort et cette sensation qu'on ne devrait pas, que ça ne nous mènera nulle part. Je peux faire semblant de dormir… faire comme si… Alors je garde un moment les yeux fermés et je me mets à dessiner doucement des cercles sur son bras tout en la respirant. J'ai du mal à ne pas admettre que je désire beaucoup plus. Toucher ses cheveux, l'embrasser dans le creux du cou, l'entendre soupirer sous mes caresses. Lui avouer que je suis encore là si elle se sent enfin prête.

Tandis que je tente de donner un rythme régulier à ma respiration, elle se déplace. Je ne dois pas ouvrir les yeux, sinon je risque d'abandonner mes résolutions. Je devine qu'elle est maintenant face à moi. Ses doigts effleurent mon visage.

Charlie…

Du bout de l'index, elle suit l'arête de mon nez avant de marquer une pause et de s'aventurer vers ma lèvre supérieure. Ma main la bloque et, cette fois, j'ouvre les yeux. Sa bouche est entrouverte et son souffle est irrégulier.

— Ne fais pas ça…

Elle continue de me regarder comme si j'étais son monde.

— Charlie, ne fais pas ça si tu n'es pas sûre de toi.

Ses doigts se libèrent de mon emprise et se risquent dans mes cheveux. J'ai du mal à me rappeler ce que je me suis promis. Je pense juste à sa peau contre la mienne et à l'intensité de mon désir pour elle. Mon regard sur sa bouche. Mes doigts sur ses hanches. Elle lève son visage comme si ses lèvres cherchaient les miennes et elles s'effleurent… à peine… assez pour me faire perdre la tête. J'ai tellement besoin d'elle, de la sentir, de la toucher.

Elle murmure :

— J'ai envie de t'embrasser…

— Ça ne me suffit pas…

Je ne sais pas comment je trouve la force de résister.

— J'ai essayé de comprendre, mais je n'y arrive pas. J'ai essayé de nous mettre en pause, mais ça ne me convient pas. Parce que tu es là.

Elle pose ma main sur sa tête.

— Et là.

Puis sur son cœur.

— Une partie de moi donnerait tout pour que ce que j'éprouve disparaisse. Parce que c'est trop fort. Parce que ça me fait peur. Mais c'est une petite partie. L'autre partie… veut garder ce sentiment absolu, qu'il reste en moi… car je suis persuadée que je ne ressentirai jamais plus rien de tel.

J'essaie de retenir ces mots intacts. Je ne veux pas qu'ils s'effacent. J'ose à peine lui murmurer au creux de l'oreille :

— Tu as envie de quoi ?

— De toi… Ici, maintenant.

Quand elle me parle, ses lèvres caressent les miennes, et c'est presque comme un baiser.

— Ce *maintenant* ne me suffit plus.

— Toujours…

Je ne bouge plus. Je m'imprègne juste de ses paroles. Je ne réalise pas ce que ça signifie vraiment. Elle s'approche encore, sa poitrine collée à ma peau, ses mains sur mon visage. Je suis à ma place, ici, auprès d'elle. Quand nos lèvres se touchent pleinement, elle inspire brusquement et marque une pause.

Elle va me rendre fou. C'est déjà fait. Avec Charlie, c'est comme si le temps s'arrêtait, comme si tout devenait plus intense.

Un effleurement. Un mot. Un battement de cœur.

Un souffle.

Elle bascule sur moi. Je la laisse contrôler… me montrer ce qu'elle veut… et qu'elle me désire autant que je la désire. Elle attire ma lèvre entre les siennes et la mord doucement. Elle me sourit. Peut-être que je suis en train de rêver et que demain, je vais me retrouver seul sur le canapé.

— Sacha ?

— Oui ?

— J'ai besoin que tu me guides…

Alors je fais ce qu'elle me demande, parce que c'est Charlie… ça a toujours été Charlie.

Charlie

C'est Sacha…

…sa bouche qui m'embrasse.

…ses doigts dans mes cheveux, sur mon cou, le long de mes épaules.

…son corps qui nous fait basculer de telle façon que je me retrouve sous lui.

…ses longs cils noirs, ses yeux trop clairs qui me dévisagent avec une telle douceur, comme si je lui avais toujours appartenu.

…son front contre le mien, le temps de reprendre nos esprits avant que sa bouche ne revienne sur la mienne.

— J'adore t'embrasser, Charlie.

— N'arrête jamais.

— Jamais !

Il abandonne un baiser sur ma gorge et je ne peux m'empêcher de frissonner sous son contact. Sa main repose sur ma hanche ; il se retient de plaquer tout son poids sur moi. Je me doutais qu'il pouvait exister des instants en dehors de tout, en dehors des mots… qu'aucune parole ne saurait leur rendre hommage, ni refléter ce qu'on peut ressentir alors. Je suis en train d'en vivre un. Nos lèvres qui se cherchent et se trouvent, se quittent puis se retrouvent… c'est indescriptible.

— Charlie ?

— Mmmmm ?

Je suis incapable de prononcer la moindre parole cohérente.

— Tu me dis « stop » dès que t'as envie d'arrêter. D'accord ?

Je me contente de faire oui de la tête.

— Tu veux arrêter maintenant ?

Cette fois-ci, je fais juste non…

— Putain, merci… souffle-t-il avant de m'embrasser à nouveau.

Son baiser est moins tendre, plus profond. J'enfonce mes ongles dans son dos pour l'attirer encore plus près de moi. Sa main est toujours sur le bord de mon tee-shirt et je la sens hésitante. Je décide de prendre les devants et m'écarte pour le soulever. Ses yeux sont désormais animés d'une expression que je connais bien, mais que, jusqu'à présent, je ne savais pas nommer. C'est du désir. Ils glissent de mon visage à ma poitrine et ses doigts remontent lentement jusqu'à frôler le renflement de mon sein. Il dessine alors des formes tout autour avec son pouce et je me cambre contre lui. Je sens tous les nerfs de mon corps s'enflammer et toute la tension de ce dernier mois s'évacuer sous le contact de ses caresses. Il explore mon corps. C'est tout ce dont j'ai besoin. Ses doigts, sa langue et ses lèvres.

Ma bouche s'entrouvre, mais aucun son n'en sort.

— Stop ?

Les mots se bousculent sur mes lèvres, j'éprouve des difficultés à articuler.

— Je… te veux…

Il me regarde comme s'il essayait de comprendre le sens de mes paroles.

♫

Sacha

Je ne suis pas certain de ce que j'ai entendu. J'attends ces mots depuis si longtemps que j'angoisse de les avoir rêvés. Elle est là, à moitié nue… ses longs cheveux roux qui tombent en cascade sur sa poitrine… et je me dis que c'est vraiment la plus belle chose que j'ai vue dans ma vie.

— Charlie, tu es sûre de toi ?

— Oui.

— Pas de retour en arrière possible.

— Aucun.

Ses doigts se promènent le long de mon bras et je prends quelques secondes pour l'admirer.

— Tu as peur ? me glisse-t-elle en souriant.

— Même pas peur !

J'ai à peine fini ma phrase que ma bouche revient sur la sienne. Je l'empêche de reprendre son souffle. Ses mains s'échappent de mes bras à mes reins et m'attirent plus près d'elle. Mes hanches bougent au rythme de nos baisers, de ce désir qui me consume. Je veux lui montrer à quel point j'ai besoin d'elle. Je caresse doucement sa jambe. Je la mets au supplice.

— Sacha… murmure-t-elle contre mon cou.

Je remonte vers l'intérieur de sa cuisse et elle s'agrippe plus fort à moi. Mon autre main passe de son cou à son épaule. Je m'attarde en descendant le long de sa clavicule, puis traîne délicatement autour de ses seins pour effleurer son téton. Je fais une pause avant de me faufiler toujours plus bas, jusqu'à son nombril ; j'atteins l'élastique de son short. Je la regarde quand ma paume s'aventure sous le tissu et se pose contre son sexe. Je l'embrasse tendrement, glisse un doigt en elle. Elle soupire sur mes lèvres, je presse mon pouce contre son clitoris et elle se cambre sous mes caresses. Elle agrippe mes cheveux d'un coup pour m'embrasser pleinement. Je ne réfléchis plus et continue de faire jouer mon pouce sur elle. J'appuie plus fort et accélère le rythme jusqu'à ce qu'elle me murmure :

— Je veux te sentir en moi…

Je l'embrasse… je l'embrasse de plus en plus intensément. Elle hausse ses hanches à ma rencontre pour qu'on soit calés à la perfection.

— Ne bouge pas ! Juste une seconde.

Je me lève, attrape une capote dans mon portefeuille, déchire l'emballage et l'enfile. Je ne peux m'empêcher de la contempler. Elle est là, allongée, m'ayant avoué qu'elle m'appartenait…

Ses yeux magnifiques…

Sa bouche gonflée par nos baisers…

Son corps élancé…

Je fais délicatement glisser son short le long de ses jambes avant de revenir m'étendre sur elle. Je passe une main entre nous pour nous guider et la pénètre lentement. Je ne veux pas lui faire mal, je ne veux pas aller trop vite. Une fois que je suis entièrement en elle, je ne bouge plus. Je l'embrasse. Doucement, elle remue ses hanches. Elle va me tuer. Je commence les mouvements, suivi en rythme par Charlie. Mes lèvres glissent sur sa ligne d'épaule… Chaque coup de reins me fait sombrer un peu plus en elle. Je cale une main sous ses fesses pour la soulever légèrement… et j'accélère. Je plonge mon visage dans son cou. Elle sent l'été. Même pendant le sexe, Charlie sent l'été. Cette odeur m'exalte et condamne l'infime parcelle de raison qu'il me restait. Je passe ma main entre nos corps et caresse son point sensible. Elle resserre son emprise, nos gestes sont de plus en plus rapides, de moins en moins coordonnés, jusqu'à ce que je la sente se contracter autour de moi et trembler de la tête aux pieds. Sa voix se brise et c'est incroyable. Je continue mes va-et-vient jusqu'à éprouver à mon tour cette tension qui monte avec lenteur : le plaisir me submerge entièrement et je me perds en elle.

Je flotte définitivement au-dessus des nuages.

♫

Charlie

Je viens d'aller chercher des cafés, la pluie redouble. Les gouttes ruissellent maintenant sur mes joues, mon cou, dans mes cheveux, sur mes vêtements. Malgré tout, je reste comme ça un instant, en fermant les yeux. J'essaie de réaliser que je suis avec Sacha… corps et âme. Sullivan avait raison, on ne peut pas séparer les choses.

Je me laisse envahir par les images de nous deux sur ce canapé et j'entends à peine le grondement du tonnerre. Je revois mon visage ce matin dans la glace : la crinière emmêlée, la marque de l'oreiller sur ma joue et la bouche rougie.

Lorsque j'entre enfin dans l'appartement, je suis littéralement trempée. Je pose mes sacs sur la table quand Sacha sort en trombe de la salle de bain, son portable à la main, habillé d'un simple bas de jogging.

— Tu ne réponds pas au téléphone ?

Il se passe la main dans les cheveux ; je le sens contrarié.

— Je ne sais pas où il est. Pourquoi, il y a un souci ?

— Je m'endors dans tes bras et je me réveille sans personne. Même pas un mot. Rien.

— Je suis allée nous chercher de quoi manger…

— Je pensais… je pensais que tu avais disparu. Que tu regrettais.

Ce regard… Cette voix… Cette angoisse…

Je fais quelques pas pour me retrouver face à lui.

— Jamais…

Il ferme les yeux et cale son front contre le mien. On reste dans cette position un moment avant qu'il ne remarque mon état.

— Tu trembles… tu es trempée.

— Vive l'Angleterre.

Il contemple les dégâts et la flaque qui s'élargit sur le sol. Son regard s'arrête ensuite sur mon tee-shirt mouillé qui ne cache rien de mon soutien-gorge jaune que j'adore. J'ai l'impression qu'il est troublé et qu'il ne sait plus vraiment comment se comporter avec moi. Ses mains se déplacent, mais ne se posent nulle part… comme s'il dessinait ma silhouette sans jamais la toucher. Je me hisse alors sur la pointe des pieds et pose mes lèvres sur les siennes. Il semble surpris. Son pouce glisse sur ma joue ; je ferme les yeux en entrouvrant la bouche pour l'embrasser et lui offrir tout ce que j'ai en moi et qui me paraît indéfinissable.

Nos langues se frôlent… s'entremêlent… d'abord au ralenti, puis à une cadence plus soutenue. Je promène mes doigts dans ses cheveux, son corps se rapproche du mien et ses mains saisissent mon visage.

— Je t'ai déjà dit que j'adorais t'embrasser ? me souffle Sacha sans que ses lèvres ne quittent les miennes.

— Non…

C'est faux, mais je ne m'en lasse pas. Ce baiser dure une éternité. Je n'ai à aucun moment ressenti ça auparavant. J'aimerais passer ma vie à embrasser Sacha. *À quoi tu aspires, Charlie, quand tu seras grande ? Embrasseuse de Sacha.*

— Tu trembles tellement…

— Tu vois l'effet que tu me fais ?

— T'es frigorifiée, Charlie. Tu ne veux pas prendre une douche ? me murmure-t-il à l'oreille.

— Oui, mais n'arrête jamais de m'embrasser.

C'est comme si on était tous les deux dans une bulle. Je n'ai pas envie que ça finisse. Ça a toujours été nous deux contre le reste du monde. Je veux que personne ne brise cette bulle.

Je ne veux que nous…

Il me porte jusqu'à la salle de bain sans détacher ses lèvres des miennes. Il ouvre le robinet de la douche et fait glisser mon tee-shirt par-dessus ma tête, ne quittant ma bouche qu'une seconde avant d'y revenir. Je passe une main sur son torse. Sa peau est douce…

— Laisse-moi faire…

Je m'exécute et je me retrouve en quelques instants complètement nue. Il me déplace doucement sous le jet d'eau chaude.

— Tu es tellement belle…

Ses yeux caressent mon corps entier.

— Retourne-toi…

Je pivote et fais face au mur carrelé. Je suis partagée entre ce désir qui me submerge et une appréhension que j'ai du mal à contrôler. Sacha doit le ressentir, car il se colle à moi en me chuchotant à l'oreille :

— Fais-moi confiance.

Je sens sa peau contre la mienne. Il commence à me masser les épaules. Dans un geste tendre, il dégage mes cheveux et ses lèvres se posent délicatement sur ma nuque. Elles parcourent le haut de mon corps et je m'appuie sur la paroi pour ne pas flancher. Sa bouche est maintenant sous mon oreille et ses mains glissent sur ma poitrine. Dans mon dos, je devine son excitation contre moi. C'est Sacha… Je ferme les yeux… et je le laisse me réchauffer.

♫

Sacha

Je ne sais pas trop si je suis dans un rêve, mais si c'est le cas je ne veux jamais me réveiller. Ou alors, le pouvoir des vœux des premières fois est plus grand que je ne l'imaginais. Charlie est là, assise sur le canapé, son tee-shirt lui arrivant à mi-cuisses, laissant une partie de ses jambes nues à ma disposition, et elle me raconte ses dernières séances avec Sullivan. Je ne l'écoute pas vraiment, en fait… Je la regarde… Je la regarde froncer les sourcils, faire la moue, sourire et, ce que j'aime le plus, c'est quand elle éclate de rire. Je pense que c'est le plus beau son que j'aie entendu. Sa voix grave et cassée s'envole de sa bouche à mon corps. Elle n'a jamais su l'effet qu'elle me faisait. Je ne sais même pas si elle pourra le comprendre un jour. Je profite de chaque minute. Je me dis qu'à un moment, elle va réaliser qu'elle est en train de faire une énorme connerie… et je ne suis pas sûr de pouvoir y survivre.

— Tu ne m'écoutes pas, Sacha Bourgeois…

— Pas vraiment.

Je lui avoue ça en glissant sur elle et en l'obligeant à s'allonger sur le canapé.

— Et tu oses me dire ça sans que ça ne te gêne ?

— Oui…

Je l'embrasse doucement.

— Demande-moi quel est mon moment préféré.

Elle sourit.

— Quel est ton moment préféré ?

— Celui-là est en train de monter en tête du classement.

— Ah ?

— Ex æquo avec celui de la douche et celui d'hier soir.

Nos lèvres continuent de se toucher par petites vagues légères pendant que nous parlons.

— En gros, tu mets le sexe au-dessus de tout ?

— C'est ça… Mais pour ma défense, j'attends ça depuis un bail.

— Un bail ?

— Depuis que j'y ai goûté dans cette chambre si parfaite en Espagne.

Mes lèvres se promènent maintenant sur son cou. J'adore sentir sa peau… l'été…

— Tu as envie de moi depuis tout ce temps ?

— Tu ne l'avais pas compris ?

Mes doigts se faufilent sur sa peau nue.

— Non… Sacha, si tu fais ce genre de choses, je vais avoir du mal à me concentrer.

— C'est le but !

— Pourquoi tu ne m'as rien dit ?

— Pourquoi tu n'as rien vu ?

Elle se redresse et me dévisage comme si elle tentait de voir ce qui se passe dans ma tête.

— Marine ?

Mes lèvres se posent à nouveau le long de sa mâchoire jusqu'à son décolleté. Elles sont attirées comme par un aimant.

— Quoi, Marine ?

— T'es resté plus d'un an avec elle.

— Je sais.

— Et Emma ?

— Promis, je n'ai jamais rien fait avec Emma.

— Non, mais tu m'as poussée vers elle.

— Parce que je voulais que tu retrouves confiance en toi… et je pensais qu'Emma pouvait t'y aider.

Ma main caresse sa poitrine pendant qu'on continue de se parler.

— Samia ?

— Elle me permettait de ne pas craquer… Elle le savait, Charlie, elle a toujours su qu'on s'appartenait.

— Mais elle t'a proposé de me laisser.

— Pour mon bien. Elle ne souhaitait pas que je passe à côté de ma vie.

— Et c'est ce que tu faisais ?

— Je ne le voyais pas comme ça.

Mes doigts se dirigent maintenant vers l'élastique de sa culotte. J'ai tellement envie d'elle.

— Je suis désolée d'avoir été aussi longue.

— Vous êtes pardonnée, Charlie Lecœur.

♫♫♫

On est dans la fosse. Elle est tout excitée. Elle saute partout depuis qu'on a quitté l'appartement.

Moi je ne fais pas trop le malin. Dès que je me suis assis sur *le* fameux fauteuil, je ne me suis pas senti bien. Le cellophane à nos poignets me rappelle ce que j'ai fait. Ce qu'*on* a fait.

Je ne sais pas encore comment je me suis retrouvé avec ce type tatoué à quelques centimètres de moi. Je ne sais pas non plus comment la main de Charlie s'est retrouvée dans la mienne. Je ne sais pas comment je ne me suis pas enfui en voyant cette aiguille.

Puis je la revois, juste avant, me glisser à l'oreille qu'un tatouage, c'est un peu l'évocation de ce que l'on est. Une volonté de montrer au monde ce qu'on aime et ce qu'on représente. Graver dans la peau ce qui nous symbolise aujourd'hui. Et elle m'a convaincu. Je l'ai regardée tout le long. Je l'ai regardée pour éviter de penser au bruit de cette machine sur moi et à la piqûre de l'aiguille dans ma peau. J'ai fixé ses yeux. Ses magnifiques yeux ambre.

Ceux-là mêmes qui me dévisagent en ce moment. J'adore sa démarche quand elle se fraie un passage à travers la foule avec nos gobelets et qu'elle me sourit. Avec sa grande taille et son port altier, elle semble dominer le monde… *mon* monde.

— Tu penses qu'ils vont passer par ici ?

Elle me montre le long tapis rouge, près de nous.

— Je pense.

On est au milieu d'environ quatre-vingt-mille personnes qui se retrouvent pour communier dans leur désir de voir U2.

Ça paraît fou. Surréaliste.

Mais on y est.

Et de la plus belle des manières… malgré les quelques gouttes qui font de la résistance.

Pendant que *Snow Patrol* fait le show pour la première partie, je me glisse derrière elle et j'en profite. Puis, d'un coup, on se fige. Bono arrive nonchalamment. Son timbre emplit le stade et nous par la même occasion. Ses doigts viennent se nouer aux miens. On est sous le choc.

Les accompagnements. L'harmonie des voix. La ferveur du public.

Je ne vois pas le temps passer.

On danse.

On chante.

J'ai vu quelques larmes couler sur les joues de Charlie.

On a droit à ce répertoire qu'on vénère depuis toutes ces années. Je la revois à dix ans, dans sa chambre, en train de m'expliquer qui était U2.

— *C'est qui ?*

— *Tu ne connais pas U2 ?*

— *D'après toi ? Si je te demande ?*

— *C'est un groupe irlandais.*

— *C'est quoi, cette chanson ?*

— I Will Follow.

— *Ça parle de quoi ?*

— *Le chanteur parle de sa mère décédée.*

— *C'est super gai, dis donc. T'as pas autre chose ?*

— *Non.*

— *Tu as connu ce groupe comment ?*

— Grâce à ma mère. Je me suis découvert une passion, l'année dernière, quand papa a décidé qu'il était temps de m'en raconter un peu plus sur elle et qu'il m'a donné une boîte avec quelques souvenirs qui lui appartenaient. Il y avait des cassettes de U2.

Puis nous, encore dans sa chambre à danser sur cette musique, à hurler dès qu'un nouvel album sortait. On a grandi avec leurs chansons. Elles font partie de ce qu'on est. Elles étaient gravées dans nos cœurs, elles le sont maintenant sur notre peau.

On est transportés entre hommage, recueillement pour l'Afrique prônant la fraternité, la liberté et l'égalité des hommes et des religions.

Je chantonne ensuite les paroles de *Sunday Bloody Sunday* tout en ondulant doucement, et Charlie ne tarde pas à m'imiter. Je rassemble ses cheveux et les fais passer d'un côté, puis m'incline lentement pour l'embrasser à l'endroit précis qui la fera tressaillir.

♫

Charlie

Je sens ses lèvres sur ma peau et c'est comme si ça décuplait mes émotions. Bono, sur scène, qui vient juste de passer à côté de moi. The Edge pendant un solo. Et ensuite ces minutes d'une rare intensité : *Stuck In A Moment You Can't Get Out Of* en acoustique. Tout en simplicité. Les feux des briquets se mettent à briller et à remplir la nuit bleu opale de milliers de scintillements.

Un moment unique. Une communion.

Sacha me caresse les cheveux… puis le dos. La connexion qui nous relie est si spéciale. Je veux le sentir entièrement. Je veux que le concert ne finisse jamais. Je veux que ce week-end ne finisse jamais.

C'est tellement facile, ici. Lui. Moi. Nous.

Puis c'est le tour de *One*. Et c'est comme si le monde s'arrêtait d'un coup.

Nous ne sommes plus dans un stade bondé. Nous sommes seuls. Seuls face à nos sentiments… Face à ce lien qui fait que nous sommes incapables de vivre l'un sans l'autre. Qui fait que notre relation les écrase toutes.

Ses mains sont autour de ma taille et il me berce… comme il l'a toujours fait. Son souffle se mêle au mien et je me dis qu'il est, maintenant, mon moment préféré. Je perçois sa respiration, les mouvements de son torse, la chaleur qui émane de son corps. Je referme mes mains sur les siennes pour le serrer tout contre moi.

DE NOS JOURS...

Charlie, 30 ans

J'ai dû me changer cent fois et me regarder dans ce miroir autant de fois. Je relève d'abord mes cheveux en un chignon haut et effleure du bout des doigts ces quelques lettres qui font maintenant partie de moi, puis le défais. Je suis stressée. C'est une première pour moi, ce besoin qu'il me trouve jolie. Je mise sur une petite robe fleurie avec une veste en jean et des sandales. Je suis devant mon reflet et je tente de réapprendre à respirer normalement.

Quand je sonne enfin chez lui, il est 19 h 58 et ma respiration est sans cesse en roue libre. La porte s'ouvre et il apparaît. Ses yeux clairs contrastent avec sa peau mate. Il a toujours cette coupe de cheveux désordonnée qui donne envie de glisser la main dans ses mèches et, malgré la simplicité de sa tenue (jean, tee-shirt blanc et baskets), il se dégage de lui une virilité troublante.

Il me regarde, surpris.

— Tu es à l'heure ?

— Tu préfères que je repasse dans dix minutes ?

Il attrape un blouson de cuir noir et ferme la porte.

— Non, ça me conforte juste dans l'idée que les choses ont changé.

Sacha :1

Charlie : 0

Il descend les escaliers avec assurance et moi, j'ai les mains qui tremblent.

— Où on va ? me demande-t-il.

— Tu verras…

J'essaie de ne pas lui montrer ma tension et de faire comme si tout était normal. Comme si c'était normal qu'il monte dans ma voiture, comme si c'était normal qu'il étire ses longues jambes, comme si c'était normal que je sois en apnée depuis qu'il est sorti de chez lui.

On ne dit rien pendant le trajet. Bono s'en charge et sa voix emplit l'habitacle avec *Where The Streets Have No Name.*

The city's a flood
And our love turns to rust
We're beaten and blown by the wind
Trampled in dust
I'll show you a place
High on a desert plain
Where the streets have no name

Ces paroles parlent pour moi.

Je ne sais pas ce qu'il ressent. Je ne sais pas ce qu'il a en lui. Mais si je n'essaie pas de percer l'armure qu'il porte depuis tout ce temps, je ne pourrai plus reprendre normalement le cours de ma vie.

— La plage ?

Sa voix grave et calme est exactement comme dans mon souvenir… en plus détachée. Je coupe le contact et me tourne vers lui. Son regard pénétrant me perturbe. Je ne sais plus ce que je voulais dire.

— Un problème, Charlie ?

Si seulement il n'y en avait qu'un.

Tout en toi me pose problème parce que là, maintenant, j'ai juste envie que tu me prennes dans tes bras et que tu m'avoues que tu me respires toujours.

— Aucun.

Je détache ma ceinture et sors de la voiture. L'air frais va me faire du bien. J'avance avec ma glacière sur ce chemin si familier en essayant de me rappeler ce que je voulais lui dire.

— La Cité ? T'es sérieuse ?

Je pivote et réalise qu'il s'est arrêté.

— Oui, je suis sérieuse.

— Tu te plantes complet.

— Je me plante sur quoi ?

— Je te l'ai dit : je ne suis plus ce Sacha-là.

— Quel Sacha ? Celui qui était doux, prévenant ? Celui qui me faisait rire ? Celui qui m'a appris à être ce que je suis ? Celui qui ne me jugeait pas ? Dis-moi. Dis-moi, ça m'intéresse.

Il secoue la tête en reculant.

— Je savais que ce n'était pas une bonne idée.

— Tu ne bouges pas, Sacha Bourgeois ! Tu m'as dit une soirée. Tu me laisses cette soirée. Si après tu ne veux plus me voir, OK… mais s'il te plaît… s'il te plaît : laisse-moi cette soirée.

Il me fixe un long moment sans rien dire. Je crois que mon cœur est parti avec mon assurance… loin, très loin même.

Après un temps qui me paraît une éternité, il s'avance, me dépasse et continue sur le chemin.

Sacha :1

Charlie : 1

On marche alors en silence et je reste concentrée sur ce que j'ai l'intention de lui dire et que je me répète depuis dix ans.

— Attends !

On est juste en bas de la falaise et je veux que tout soit parfait. Il ne fait pas encore nuit, mais j'ai préparé la Cité, hier, et je me dépêche de grimper pour allumer les cinq lampes à pétrole que j'ai récupérées.

— Je dois attendre quoi, exactement ?

Il râle. Il ne va pas me faciliter les choses.

— C'est bon, tu peux monter.

♫

Sacha, 31 ans

Je me demande ce que je fabrique ici et pourquoi j'ai accepté. Puis je l'aperçois… avec son sourire timide, dans notre Cité entièrement éclairée et je me souviens de la fameuse raison… *elle*.

Elle attend que je réagisse, ce que je ne fais pas. Je ne suis pas revenu là depuis dix ans. Cet endroit est un lien particulier entre nous et je n'ai plus voulu replonger dans tout ce que ça représente. Ça n'a jamais été aussi bien décoré. D'en bas, je vois des rideaux qui semblent neufs et plein de détails qui me font penser qu'elle a dû y passer du temps.

Charlie…

— Tu as le droit de venir, hein…

Elle s'impatiente et ça me fait sourire.

Je la rejoins, toujours en silence. J'entends Bono. Elle a branché son téléphone à une enceinte. Et je reconnais : *Every Breaking Wave.*

The waves know we're on the rocks
And drowning is no sin

— J'ai préparé quelques trucs.

Je la regarde sortir des couverts, des verres, une bouteille… Elle tente de faire comme si tout était normal, mais ses mains tremblent. Mon premier réflexe, avant, aurait été de la rassurer, mais plus maintenant.

— On mange ici ?

— Oui.

Mes yeux s'attardent sur ses longues jambes dorées avant de revenir sur ces lampes qu'elle a accrochées partout. Tout est rangé. Tout est à sa place. Même les petites voitures qu'on avait récupérées chez M. Pouillet. J'en soulève une et ça réveille de vieux souvenirs. Je n'ai pas envie. Je veux qu'ils restent encore un peu enfouis… qu'ils évitent de fausser mon jugement, alors je la repose rapidement.

— J'ai fait un peu de rangement.

— Je vois ça.

— C'est quand la dernière fois que t'es venu ?

— Avant de monter à Paris.

Ses yeux immenses me troublent toujours autant.

Je ne sais pas ce que tu désires, Charlie, mais je ne joue plus.

You know my heart is the same place yours has been
We know the fear of winning, so we end before we begin

— J'ai piqué un *Exception* dans la cave de papa.

Un de mes vins préférés.

— Tu ne veux pas t'asseoir ?

Ces yeux me supplient presque, alors je prends place en face d'elle, sur un rondin de bois qui est là depuis notre découverte de la Cité.

— Merci, murmure-t-elle en me tendant un verre. Tu repars quand ?

— Je ne sais pas encore.

Je bois une gorgée.

— Et toi ?

— Moi non plus.

— Pourquoi tu restes, Charlie ?

— Tu le sais.

— Tu ne devrais pas.

— Je fais rarement ce que je devrais.

Toujours ce foutu caractère.

Je continue de boire sans cesser de la dévisager.

— Juliette m'a dit que le *Black Out* de Paris cartonnait.

L'évocation de son prénom me rappelle qu'elle n'est plus là. Je me contente de hocher la tête et de finir mon verre.

— Je ne vais pas te cacher que je suis au courant de beaucoup de choses. Tu es gérant. Tu vis dans un petit appart' juste au-dessus du bar. Tu joues parfois de la guitare là-bas... Tu...

— Charlie, je connais ma vie.

— J'ai besoin de la connaître aussi.

— Qu'est-ce que tu veux savoir ? Si je suis marié ? Si j'ai des gosses ?

— Je sais que non.

— Alors quoi ? Combien de fois je baise par semaine ? Avec qui ?

Je me ressers pour ne pas croiser son regard.

— Pourquoi pas...

— Arrête, Charlie !

— Alors, demande-moi des choses.

Non. Je ne veux pas savoir. Je secoue la tête.

— T'as peur de quoi ? D'apprendre où je vis ? Comment ? Tu penses que savoir ce que je fais dans la vie va me rendre plus réelle ? Mais merde, je suis réelle, Sacha ! Regarde-moi !

Elle me prend la main, je la retire aussitôt.

— Je suis tout ce qu'il y a de plus réelle, Sacha.

Je me lève.

— C'est là que tu te trompes : tu n'es plus qu'un souvenir.

— Rien n'est plus vivant qu'un souvenir, réplique-t-elle dans un souffle.

C'est au tour des Coasters d'emplir la Cité. Je passe les mains dans mes cheveux. C'est trop. J'ai besoin de retourner à

Paris, de retrouver le bar, les potes… la vie que je me suis choisi.

— Danse avec moi…

Elle se tient là. Magnifique. Je devrais fuir… m'échapper de cet endroit… d'*elle*.

Je devrais. Au lieu de ça, je ne bouge pas.

Je ne bouge pas quand elle s'avance vers moi.

Je ne bouge pas quand son corps frôle le mien.

Je ne bouge toujours pas quand sa main vient prendre la mienne pour la poser sur sa taille.

Je ne bouge surtout pas quand ses doigts se glissent dans ma paume et qu'elle me répète :

— Danse avec moi, Sacha.

Je reconnais cette chanson. Elle commence à onduler ses hanches.

Sa chevelure trop près de mon visage. Son parfum.

Je ne bouge toujours pas.

— S'il te plaît.

Sa supplique a le mérite de me faire réagir et je la laisse me guider. Des images que j'avais essayé d'enfouir ressurgissent.

Nous chez M. Pouillet, les Coasters en fond sonore.

Nous en train de danser. Nous en train de rire.

Je tente de les renfermer à double tour, mais ils sont coriaces, alors je les autorise à ressortir – pour un temps.

♫

Charlie

On est dans notre Cité et on danse. Enfin, on ne danse pas vraiment, mais ça me suffit. Je n'ai pas envie que la chanson s'arrête. Je sais que la suivante est beaucoup plus rythmée. Toutes les phrases que j'avais répétées avant de venir se sont évaporées. C'est comme si il n'y avait plus rien. Je ressens la puissance qui se dégage de son corps et je désire simplement m'égarer à l'intérieur.

— Ça ne va nous mener nulle part, Charlie.

— Ça me mène un peu à toi.

J'ai peur d'en dire trop. J'ai peur de ne pas en dire assez.

Il s'écarte et je sens qu'il m'échappe à nouveau.

— Ne me laisse pas encore une fois.

Il me fixe, choqué.

— Je veux juste reprendre ma vie, dit-il.

— Tu es toujours avec *elle* ?

— Ça ne te regarde plus depuis longtemps.

— Tu m'as bien demandé si moi, j'avais quelqu'un.

— Tu n'étais pas obligée de répondre.

— J'en avais envie.

— Et moi pas.

— J'ai cuisiné un cheese-cake au citron.

J'imagine qu'il va me lancer une remarque bien acerbe, histoire de me faire comprendre qu'on n'a plus rien à voir ensemble, mais sa réponse me surprend :

— Tu me fais du chantage avec *mon* dessert ?

— Je tente tout.

J'ai conscience que je dois être ridicule à me raccrocher à lui de cette façon, mais s'il y a un moment où je dois piétiner mon orgueil, c'est celui-là. Je n'attends pas de savoir s'il reste, je me précipite vers la glacière pour le sortir. J'en coupe deux parts et les pose dans des assiettes.

Quand j'ose enfin lever les yeux vers lui, il se tient à la même place.

— J'espère qu'il sera bon.

— Ils sont toujours bons.

Je me contente de sourire et il s'assied contre le mur en murmurant :

— Merci.

— Avec plaisir.

Je le rejoins et nos jambes se touchent presque. C'est au tour de *Moment Of Surrender* de se lancer et je me livre dans un flot de paroles, sans vraiment les contrôler.

— J'ai un appartement à Dublin. Sullivan a acheté sa fameuse galerie et on bosse ensemble. Il me fait devenir folle. Je rêve quelquefois de lui faire mal, puis je me rappelle que sans lui je n'en serais pas là.

Il ne dit rien. Je ne veux pas le regarder, comprendre qu'il s'en fout, alors je continue.

— J'arrive à en vivre. Sullivan avait déjà un nom là-bas, mais je commence à m'y faire ma place. Parfois, Zoé vient me rendre visite, mais depuis qu'elle a son petit Milan, c'est moi qui la retrouve. De temps en temps, j'ai Ben au téléphone. C'est difficile à avouer, mais il me manque. Je ne pensais pas que je dirais ça un jour. Ne lui répète pas.

Je réalise le bien que ça me fait de lui parler à nouveau.

— Je passe régulièrement voir mon père. Pas autant qu'il le voudrait, mais dès que je peux. Sullivan râle quand que je le laisse et ça me plaît de l'emmerder un peu. Chaque fois que je viens ici, je fais un tour à la Cité. Je ne sais pas si c'est du masochisme, pour me rappeler ce que j'ai perdu, mais j'en éprouve le besoin. J'ai besoin de ressentir ce lien entre nous. À travers cette Cité… À travers Juliette… À travers les formes des nuages.

— Je ne suis plus avec Samia depuis longtemps.

Merci.

Je respire enfin… sa voix me transporte toujours.

— Il m'arrive souvent de fermer les yeux et de me l'imaginer. Entrer dans son sanctuaire et la découvrir derrière sa toile. Elle m'accueille avec un immense sourire. Elle répond à mes doutes avec ses mots simples, ses caresses… Quand je ferme les yeux, elle est éternellement avec moi…

Je ne retiens pas mes larmes… je n'en ai plus envie. La tête de Sacha est contre la paroi, comme si un appui lui était nécessaire pour soutenir sa souffrance.

— Ce matin, je suis allée à la falaise. J'y ai croisé ton père…

— Moi, je n'ai toujours pas réussi à y retourner. J'ai besoin de croire qu'elle est juste partie en vacances et qu'elle va bientôt nous revenir.

Mes doigts se glissent entre les siens.

— Un matin, tu te réveilleras et tu seras prêt à y aller…

I've been in every black hole
At the altar of the dark star
My body's now a begging bowl
That's begging to get back, begging to get back

— Je peux en reprendre ?

— Bien sûr…

Je fais un mouvement pour me lever, mais il me devance. Je l'observe en silence se resservir une part et un verre de vin et me demander ce dont j'ai envie.

C'est toi que je veux... Un peu... beaucoup... passionnément...

La folie, je l'ai déjà.

Il s'installe à la même place et je me laisse bercer par la musique. Je savoure ces minutes de simplicité qui m'ont tellement manqué. Juste nous... U2... nos souffles...

— Zoé est maman ?

Je souris à cette idée.

— Oui. Depuis un an. Le papa est immense. Elle doit lui arriver à la taille. Ils habitent Bordeaux. La dernière fois que j'y suis allée, elle m'a fait découvrir des merveilles. Tu aurais adoré.

J'ai envie de lui dire que chaque fois que je vais quelque part, que je rencontre quelqu'un, je pense à lui. Je pense à la façon dont il en aurait parlé. Ce qu'il en aurait pensé. J'ai envie de lui dire qu'il est dans chacun de mes gestes... dans chaque instant que je vis.

Je me tourne vers lui. Ses yeux sont fermés. J'ai envie de lui dire tout ça, mais je me tais.

C'est encore trop tôt.

♫♫♫

Je le raccompagne chez lui. C'est le moment où la nuit n'est plus complètement noire, mais le soleil n'est pas encore décidé à se lever. On vient de passer plusieurs heures ensemble. La plupart du temps, en silence. Mais quelques paroles ont émergé, parfois.

C'était agréable. C'était simple. C'était nous.

On se retrouve devant son portillon. J'aimerais qu'il m'invite à entrer. Il se penche et j'ai l'impression qu'il va m'embrasser, mais il suspend son geste et reste comme ça, me souhaitant une bonne nuit. Son regard perdu dans le mien, puis sur mon visage. Comme s'il redécouvrait mes traits... mes taches de rousseur... chaque parcelle de ma peau. Comme s'il vérifiait que j'étais toujours la même... avant de s'éloigner et de monter les marches. Et moi, je le regarde m'échapper encore une fois.

— Sacha !

Il pivote et semble surpris.

— Je vais laisser ma fenêtre ouverte. De toute façon, elle est constamment restée ouverte. Je n'ai jamais pensé à la fermer. Je serai… je serai ce que tu as besoin que je sois. Une présence… une amie… plus… beaucoup plus. J'ai conscience que tu ne veux pas de moi dans ta vie, mais je suis là. Je suis là avec mes qualités, mes défauts, avec tout ce que tu as aimé… parce que même si pour toi ce ne sont que des souvenirs, mes moments avec toi ont été les plus beaux de ma vie. Si un jour on me demande quel est mon moment préféré, il sera forcément avec toi. Je te l'ai déjà dit une fois, il y a longtemps, mais je suis de nouveau en pause. Je suis en pause depuis dix ans… depuis que tu as passé la porte de notre appartement. Sache qu'aujourd'hui je sais ce que je veux… que je suis prête… et que si tu as juste besoin de parler ou de ne pas parler… je suis là.

J'ai conscience que mes mots ne sortent pas dans le bon ordre, mais tant pis. Je ne peux pas le quitter sans lui avouer tout ça. Mes jambes sont sur le point de flancher lorsque je devine son sourire naissant et que je réalise que tout n'est pas perdu.

Cœur : 1000

Charlie : 0

2005

Charlie, 21 ans

On rit en courant sous la pluie le long des rues de Londres. C'est indescriptible. J'ai un sentiment de légèreté, d'euphorie ; je n'avais pas ressenti ça depuis longtemps. J'ai encore la voix de Bono dans la tête quand Sacha me soulève du sol comme si je ne pesais rien. Il m'embrasse. Nos rires se perdent entre le vent et ce baiser.

— Tu sens l'été… Comment tu fais pour toujours sentir l'été ? murmure-t-il en enfouissant son visage dans mon cou.

Nos langues se nouent de nouveau et ce désir que j'ai du mal à qualifier s'empare de moi. Au moment où ses doigts parcourent ma taille, mes mains agrippent sa nuque pour le rapprocher.

— Charlie… gémit-il.

— Charlie… Charlie, on vient d'atterrir.

J'ouvre un œil et le découvre avec un sourire. Il effleure mon visage du bout des doigts et je réalise que cette parenthèse est en train de finir. Je n'en ai pas envie. Je veux qu'on retourne à Londres, sous cette pluie constante… dans ce stade, sur ce canapé, sous cette douche.

— Ben nous attend au dépose-minute.

J'ai cette sensation étrange que je plane et nous observe nous éloigner de cet avion, marcher dans cet aéroport… nous diriger vers la sortie… être éblouis par cette soudaine luminosité qui nous a fait défaut pendant trois jours. Puis je le vois… lui et sa Polo… qui patiente à quelques mètres. Je me reconnecte à mon corps en retirant ma main de celle de Sacha, comme si ce contact était en train de me brûler.

— J'ai parié que vous resteriez là-bas… J'ai encore perdu… marmonne Ben en mettant nos sacs dans le coffre.

Sacha me dévisage. Son regard me bouleverse. Il est triste et déçu, mais je ne peux m'empêcher d'être mal à l'aise avec cette situation.

Pendant le chemin, Ben nous raconte son rendez-vous raté avec Clara.

— Elle me fait courir.

— Elle a raison !

— Ça m'excite !

— Ça m'aurait étonnée.

— Je pense qu'elle m'aime vraiment bien et qu'elle est folle de mon corps.

— Ou folle tout court.

— Et vous ? C'était comment ?

— Génial… ils ont assuré. Je n'ai jamais ressenti une telle chose.

Je ne sais pas pourquoi je me sens aussi gênée. Je n'ai pas envie que Ben sache. Je préfère garder notre histoire entre nous et que personne ne puisse la gâcher. Sacha ne parle pas. Il s'est muré dans le silence depuis que je lui ai lâché la main, tout à l'heure.

— Je me doute. Ça vous dit qu'on prenne chinois et que vous m'expliquiez tout ça ?

♫♫♫

On est de retour chez nous et on est installés au comptoir. Sacha s'est détendu et raconte le concert à Ben. La façon dont Bono a enflammé le public. La communion avec le public. Il râle sur la pluie, la bouffe et encore la pluie. À aucun moment, il n'y a eu de geste entre nous qui aurait pu faire comprendre à Ben qu'on avait passé un cap dans notre relation.

— J'ai pas envie de vous abandonner, mais je vais retrouver Clara.

— Vous avez rendez-vous ? lui demande Sacha.

— Non !

— Ah…

— Je veux juste vérifier si elle est disponible ce soir.

— Tu viens de nous dire qu'elle t'avait dit que non.

— J'ai l'intuition qu'elle m'a menti.

Sacha se marre.

— Depuis quand t'as des intuitions, toi ?

— Depuis que mon horoscope m'a indiqué que je devais suivre mon instinct.

— Si tu veux mon avis, je ne pense pas…

— Je ne veux pas ton avis… ou sinon, tu peux me le donner, mais sache que je le prendrai et le rangerai dans ma poche avant de n'en faire qu'à ma tête, comme toujours. Je préfère donc qu'on gagne du temps... mais je t'aime quand même, Lecœur.

Il me dit ça avant de partir, normalement, en claquant la porte. Une fois seuls, je me tourne vers Sacha qui est occupé à tout mettre dans le lave-vaisselle.

— J'ai peur qu'il trébuche encore...

— Et alors ? Ce n'est pas si grave de trébucher. Tu te relèves... c'est le principe. Il essaie, au moins. Il se fait mal aussi. Mais c'est la vie.

Il frappe du poing le plan de travail.

— Mais merde, Charlie ! s'écrie-t-il avant de pivoter vers moi. C'était quoi, tout à l'heure ? Tu as honte de moi ? Tu n'as pas envie pas qu'on nous voie ensemble, c'est ça ? Qu'on sache qu'on a baisé tout le week-end et que tu as aimé ça ?

Je m'approche doucement, malgré la rage dans son regard et la violence de ses mots.

— Laisse-moi t'expliquer...

— Pourquoi tu m'as repoussé ? Pourquoi j'ai eu l'impression que tu me quittais à la minute où on a atterri ?

— J'ai eu peur...

— J'en ai plein le cul de tes peurs, Charlie ! Je ne suis pas un pion que tu prends et que tu jettes suivant tes foutues humeurs !

— Je n'aurais pas dû.

— Non, c'est sûr, tu n'aurais pas dû.

— C'est juste un geste maladroit. Tu me condamnes pour un geste... c'est injuste.

— Injuste ? Je suis injuste ? Mais ce n'est pas qu'un geste, c'est une multitude de gestes... depuis trop longtemps. Tu m'as demandé de te faire l'amour... j'ai accepté... tu m'as ensuite demandé de venir à Montpellier, je suis venu, tu as eu besoin que je sois ton ami, je l'ai été... sans concession aucune... puis tu m'avoues que tu es prête pour plus... alors je t'offre ce que j'ai... et là, je suis injuste ?

— Regarde-nous, on se dispute comme...

— Un couple ? C'est ce mot qui te dérange ?

— Oui...

— Tu veux me dire quoi exactement, Charlie ?

— Je ne sais pas… je n'arrive pas à nous voir de cette façon… peut-être qu'on pourrait être ensemble, mais sans forcément que les autres soient au courant… pendant un temps d'adaptation.

— Tu te fous de moi ? T'as vraiment honte, en fait ?

— Ça n'a rien à voir.

— Ça a tout à voir.

— J'ai l'impression que tu ne fais aucun effort pour comprendre.

— Laisse-moi résumer. C'est toi qui es venue me trouver en m'avouant que tu te sentais prête… J'ai bon jusqu'à maintenant ?

Je fais oui de la tête.

— Et ensuite, tu me dis que tu ne l'es plus ? Tu fais marche arrière ? Je ne les ai pas rêvés, ces mots que tu as prononcés ?

— Non…

— Tu me rassures. Tu es donc en train de me dire que tu ne les pensais pas ?

— Ce n'est pas si simple. Tout n'est pas noir ou blanc…

— Si tu me sors qu'il y a une multitude de gris, je crois que je peux péter un câble.

— Ce que j'essaie de t'expliquer, c'est que revenir à cette réalité n'est pas aussi facile que ce que j'aurais pu imaginer.

— Mais c'est normal, Charlie… et cette réalité, on peut l'affronter ensemble. C'est le but.

— Je suis désolée, mais je ne pourrai pas.

— Putain, je t'ai dit que je ne jouais plus… Si c'est ce que tu veux, tire-toi… Je n'ai plus de temps à perdre ! Grandis un peu. Tu flippais de tout gâcher ? Tu as réussi, Charlie.

Je fais un pas, mais il me stoppe.

— N'avance pas… je suis trop énervé contre toi.

— Sacha…

— Mais ferme-la ! Sérieux, ferme-la ! Non, tu sais quoi, c'est moi qui vais me taire et me barrer. Il faut que je prenne l'air…

Je ne réagis pas quand il franchit la porte à son tour. J'essaie de comprendre comment on est passés du week-end magique à cette situation pourrie. L'émotion me noue la gorge, les larmes coulent sur mes joues, mes jambes me lâchent et je me retrouve à genoux, seule, par ma faute. Des sentiments contradictoires m'envahissent… lui… moi… ce « nous ». Qu'est-ce que j'ai fait ?

♫

Sacha

Je me retrouve dans ce bar, accoudé au comptoir et j'ai envie de gerber. Elle ne sera jamais prête. Malgré ce week-end, malgré ses belles phrases… Je finis mon verre de whisky et enfouis mon visage dans mes mains en regrettant d'y avoir cru. Je me concentre sur ma respiration pour éviter de chialer. Il faut vraiment que je dépasse tout ça, que je réussisse à me calmer et que je m'enlève de la tête qu'elle m'a juste utilisé.

Samia a sans doute raison. Le temps pour moi est venu de passer à autre chose. De choisir ma vie par rapport à moi et non par rapport à elle. Si seulement j'en étais capable !

J'ai besoin d'un verre.

Peut-être que si je bois assez, j'arriverai à dormir d'un sommeil profond, sans rêver à son visage.

Mes idées noires ne font qu'empirer.

Mon téléphone sonne : Charlie. Je ne veux pas lui parler. Je lui en veux trop.

Je fixe l'écran… et compose un numéro.

♫♫♫

— J'ai été refoulé comme une merde, se marre Ben. Elle est coriace. J'aime ça.

— Et Zoé ?

— Elle a fait ses propres choix et j'essaie de les assumer.

Je le regarde caresser le bord de son verre.

— Merci d'être venu.

Un sourire apparaît avant qu'il ne me tape dans le dos.

— C'est normal, mec… Tu n'as pas envie de me raconter ?

— Disons que j'ai l'impression d'avoir pris un trente-six tonnes en pleine face.

— T'es pas trop défiguré.

— Tout se passe à l'intérieur.

— Les femmes auront notre peau ! Je te l'ai toujours dit… et elles en profitent pour prendre notre cœur avec, notre dignité et parfois un peu de thune.

Je lève mon verre et on trinque à ses paroles.

— Tu comptes faire quoi ? me demande-t-il avec sérieux.

— Tu fais quoi quand la personne que tu aimes le plus te déçoit ?

— Il faut arriver à ne plus l'aimer.

— Et c'est possible, tu crois ?

— Non.

— Alors, on fait comment ?

— On fuit…

Fuir. Sûrement la meilleure solution.

Je suis grisé par l'alcool. On parle énormément. On rit beaucoup. On refait le monde, souvent. On se révolte, parfois.

On se lamente, un peu.

Ben est la personne parfaite pour partager les coups de blues. Quand le bar ferme, je lui demande de me déposer. Je ne suis pas en état de conduire. Il est surpris lorsque je lui donne l'adresse. Celle de Samia.

♫

Charlie

Je ne pensais pas que mon reflet pouvait être pire… mais apparemment, je me suis trompée… J'ai l'impression que mes cernes ont des cernes qui ont des cernes. Je n'ai pas dormi de la nuit. J'ai dû l'appeler une centaine de fois. Rien.

Il est 8 heures et il faut absolument que je retrouve Sullivan pour l'expo. Je suis toujours dans la salle de bain pour finir de me préparer quand j'entends la porte d'entrée claquer.

Merci…

Il monte et passe devant moi sans un regard… comme si je n'existais pas.

Ne fais pas ça, Sacha… Tout, mais pas ça. Pas l'indifférence.

— Je me suis inquiétée.

Sans un mot, il entre dans sa chambre et referme la porte.

On n'a jamais été dans cette situation.

Je frappe ; aucune réponse, alors j'entre.

Il est en train de se déshabiller.

— Ne m'ignore pas, Sacha ! Tu peux te mettre en colère, crier… mais pas ça.

— Tu n'as pas à me dire ce que je peux faire ou non.

Il parle d'un ton calme qui me déstabilise.

— Ne joue pas à ça.

— Je ne joue pas, Charlie : je vis.

Ces mots me percutent.

— Je… je suis tellement désolée…

— J'ai juste besoin d'un peu de temps. Ferme la porte en sortant, s'il te plaît.

Il se couche et éteint la lumière. Je reste là quelques secondes avant de m'asseoir contre le mur. Je plie les genoux et mes bras les entourent. C'est ma façon de me protéger.

— J'ai…j'ai passé des années à me chercher. Depuis le jour où j'ai été attirée par Nadia dans ce vestiaire. Je m'en suis voulue. Je me suis détestée de ressentir ça. Je voulais être comme tout le monde. Puis, à un moment, j'ai réalisé que j'avais ça en moi, que j'aimais les femmes. Ça m'a pris du temps, mais je suis parvenue à l'assumer. À ne plus vouloir me cacher… à ne plus me sentir coupable de quelque chose qui me rendait aussi heureuse. Et, petit à petit, je ne me suis plus posé la question. C'est difficile à expliquer, cette contradiction qui existe en nous. Et ensuite il y a toi… et tu es venu à ton rythme briser ce mur immense que j'avais réussi à ériger… et c'est comme si je devais tout recommencer… Je suis désolée que tu en souffres. Si tu savais comme je suis désolée. Tu as sans cesse tout assumé, tu n'as jamais eu honte de rien… moi, c'est différent. Il me faut plus de temps.

Je reste un moment comme ça avant de me lever et de conclure :

— Cette semaine, je serai à fond sur l'expo. Je vais te laisser penser à ce que je viens de te dire…

J'inspire avant de m'obliger à sortir. Je me rassure en me répétant que Sacha n'a jamais su bouder : ça ne peut pas durer.

♫♫♫

Exposition : J-5

— Mademoiselle Lecœur, vous êtes en retard ! Si vous ne vous impliquez pas davantage, on peut encore arrêter les frais.

Je m'installe derrière ma toile inachevée.

— Ce n'est pas en faisant comme si je n'étais pas là que je vais disparaître. Vous voulez abandonner ?

Je repense à Sacha… à son indifférence, et j'essaie de retenir mes larmes.

— Cessez donc vos enfantillages et répondez-moi !

J'ai la tête baissée, je ne veux pas croiser son regard. Je sens ses doigts sous mon menton qui m'obligent à relever le visage.

— Charlie ?

J'aurai tenu moins de cinq minutes. Bien, la maturité.

— Ça ne va pas ?

Je me contente de faire non de la tête.

— Trop de pression ?

Je répète le même geste avant d'éclater en sanglots. Sullivan panique.

— Pas de pleurs, mademoiselle Lecœur…

— Vous pensez que j'en ai envie ? S'il y a bien quelqu'un devant qui je ne veux pas pleurer, c'est vous.

— Alors, faites un effort !

Ces mots ont plutôt l'effet d'amplifier mes sanglots. C'est comme si tout sortait d'un seul coup. Mes doutes. Mes peurs. Mes angoisses. Et il fallait que ça arrive devant lui.

— Ce n'est pas ce que j'appelle faire un effort.

— Je fais ce que je peux.

— Ce n'est pas assez, apparemment.

— Allez vous faire foutre !

— Si ça vous permet de vous ressaisir…

Maintenant, je ris en même temps que je pleure.

Et sinon Charlie, tu vis comment tes émotions ?

— Je préfère ça. Puisque ce n'est pas en rapport avec l'expo, je suppose que c'est à cause de quelqu'un. Combien de fois devrai-je vous répéter de ne pas vous appuyer autant sur les gens ? Ils viennent, passent, partent… c'est la vie.

— Je ne suis pas comme vous. J'ai besoin d'eux.

— Vous leur accordez trop d'importance. Vous serez forcément déçue.

— Par vous aussi ?

— Oui… un jour… ça arrivera si vous comptez trop sur moi. N'oubliez pas que ce qui importe, c'est vous… vos émotions. La douleur, le désir, le chagrin… Vous devez en sortir plus forte.

— Je ne suis pas un robot…

— Alors, servez-vous-en ! Si le pinceau est le prolongement de votre corps, faites en sorte que cette toile soit celui de votre âme. C'est la dernière pièce de votre expo. Qu'elle soit ce que vous êtes en ce moment.

♫♫♫

Exposition : J-2

Je passe mes journées avec Sullivan. Je rentre tard et fatiguée. Sacha n'est jamais là. Je vois bien qu'il a dû passer parce que je remarque que certaines choses ont été déplacées. Je lui ai dit que j'allais lui laisser du temps, c'est ce que j'essaie de faire. Je lui écris tous les matins un SMS pour lui rappeler qu'il me manque, qui reste sans réponse. Ça ne me décourage pas. Je sais qu'au moins, il les lit et c'est ce qui importe.

— Mademoiselle Lecœur, dernière ligne droite. Vous devez manger peinture, boire peinture, respirer peinture…

— C'est ce que je fais.

— Je ne le ressens pas.

— Ça, c'est normal. Je vous ai déjà dit qu'il fallait un cœur pour ressentir les choses.

Il s'approche dangereusement de moi ; nos corps se touchent presque.

— Sachez que j'en ai un… et qu'il bat parfois pour des gamines sans aucune maîtrise de rien.

— C'est une déclaration, Sullivan ?

— C'est un fait ! Continuez à peindre…

Il me balance ça en retournant de l'autre côté de l'atelier.

— Et arrêtez de penser, je vous entends d'ici.

AHHHHHHHHHHHH !

Tiens tu l'entends aussi ce cri primaire ?

— Oui.

Je le regarde, mais il est tourné. Il vient vraiment de me répondre ça ou j'ai rêvé ?

J'ai dû rêver...

♫♫♫

Exposition : J-1

— Mademoiselle Lecœur, ce sont des tableaux... nous ne sommes pas à la foire au jambon de Nogent-le-Rotrou.

— Je fais attention, là.

— Non !

Il a un don : trouver les mots pour nous faire chier. Je me demande si ça s'apprend ou si c'est naturel.

On est dans la galerie et on commence à tout mettre en place avec les différents artistes. Chacun vogue dans son coin. On ne s'occupe pas vraiment de ce que fait l'autre. Ou du moins on fait semblant de ne pas s'en occuper.

— Soyez concentrée ! Arrêtez de rêver !

— Merde !

— Si vous voulez, mais avancez...

♫♫♫

Exposition : jour J

On y est.

J'ai les mains moites, les jambes sur le point de flancher et le regard dans le vague. J'ai laissé un message à Sacha, ce matin.

> C'est le vernissage ce soir. J'espère que tu seras là.

Toujours aucune réponse.

— Arrêtez de stresser. Tout va bien se passer. Vos tableaux sont superbes et vous... vous êtes magnifique.

Sullivan me guide vers le buffet en plaçant une main dans le creux de mes reins. Contrairement à la dernière fois, je ne tressaille pas. Je ne suis plus réactive à son contact. Je soupire.

— Merci.

Je suis obligée de l'avouer. Malgré sa nocivité, c'est grâce à lui que je suis ici. Il m'a offert cette chance. Il m'a toujours portée.

— T'es splendide…

Zoé fait son apparition et elle me saute dans les bras.

— Je suis si fière de toi !

J'ai opté pour un tailleur de femme, noir, avec une chemise blanche, une petite cravate et des derbies. J'ai réuni mes cheveux sur un côté en une tresse assez lâche que me tire Zoé.

— Et cette coiffure… j'adore !

— Merci.

Niveau vocabulaire, Charlie, tu es au top.

— Allez, montre-moi…

Je la dirige vers mon coin de l'exposition. Cinq toiles sont accrochées. Concentrée, elle détaille les tableaux.

— C'est Sacha ?

— Oui. Je le lui ai offert à Noël.

— Il n'est pas là ?

— Non…

Je sais que cette réponse va déclencher d'autres questions.

— Non ?

Qu'est-ce que je disais ?

— Il y a un souci avec Sacha ?

Je suis fatiguée d'avoir ce nœud dans la gorge, qui se forme dès qu'on l'évoque.

— On peut dire ça.

Elle me prend par l'épaule et doit s'attendre à ce que je lui fasse des confidences.

— Vous avez…

— Je ne me sens pas d'en parler ce soir… je n'ai pas envie de craquer. Mais demain, tu peux passer ?

— Sûr ! J'apporterai de quoi se faire une journée au top. Mes CD des New Kids et de Céline Dion.

Je la serre dans mes bras quand je le vois. Il se tient là, dans l'entrée, Ben à ses côtés. Il est séduisant avec son jean brut et sa veste noire. Mes yeux ne peuvent le lâcher pendant qu'il avance à travers la foule. Nos regards se trouvent enfin, je frissonne. Je réalise à cet instant à quel point il m'a manqué. Je quitte Zoé pour les rejoindre.

Le rejoindre.

— Dis donc, Lecœur, tous ces gens sont venus pour toi ?

— Pas seulement… on est une dizaine d'artistes.

— Tu as peint celles-là ?

— Oui, les cinq qui sont ici.

Il me passe devant pour les examiner de plus près et je me retrouve avec Sacha.

— Félicitations…

— Je suis tellement contente que tu sois là.

Bien… Quel sens du dialogue…

— Je ne pouvais pas rater ça.

— Tu dors à la maison, ce soir ? Qu'on puisse se parler.

— Je ne pense pas.

Coup dans l'estomac. Pression sur les intestins. Il me dévisage, gêné, avant de retourner vers Ben, devant mes tableaux.

Ne craque pas.

Ne craque pas.

Je suis en train de m'effondrer quand je sens une présence.

— Tenez-vous droite, souriez, ne montrez jamais que vous êtes à terre.

Sullivan. Son souffle caresse ma nuque.

— Charlie… ressaisis-toi, bon sang !

Ses paroles me reconnectent un peu à la réalité et je commence à me redresser.

— C'est mieux. Je n'ai eu que des compliments sur vos tableaux…

Pendant qu'il me parle d'un potentiel acheteur pour ma dernière œuvre, il me tend une coupe.

— Buvez, ça vous fera du bien !

— Pourquoi vous faites tout ça pour moi ?

— Pardon ?

— Vous dites que je ne dois pas trop compter sur vous, mais dès que ça ne va pas, vous êtes là. Alors, je vous repose la question : pourquoi ?

— Parce que je pense que vous êtes un bon investissement et que j'aurai bientôt une proposition à vous faire.

— Une proposition ?

Il n'a pas le temps de me répondre : je sens des bras qui m'entourent et je reconnais l' « Eau » de Rochas, le parfum de Juliette. Les larmes montent.

— Je suis si fière de toi, ma chérie.

— Merci… C'est grâce à toi, tout ça.

— Non. C'est toi… rien que toi.

Yves se tient en retrait, avec mon père. Juliette s'écarte et je fonce vers lui. Je sais que les gestes de tendresse n'ont jamais été notre point fort, mais là, j'en ai besoin.

— Papa…

— Ma Charlie.

— T'es venu ?

— On voulait te faire la surprise.

— C'est réussi.

Je pleure en même temps que je parle.

— Ne pleure pas… Tu ne peux pas imaginer la fierté que j'éprouve dans mon cœur de papa.

Je les entraîne vers mon coin. Juliette me prend la main et me félicite pour les émotions qui se dégagent de mes peintures. Elle reste un instant bloquée sur celle de Sacha, puis me sourit à nouveau.

Je ne sais pas si c'est le fait d'avoir tous les gens que j'aime auprès de moi ou si c'est le champagne, mais j'ai la tête qui tourne… juste ce qu'il faut.

♫♫♫

Je rentre à l'appart' au petit matin avec des souvenirs pleins la tête. Je devais squatter chez Zoé, mais j'ai l'espoir de retrouver Sacha. Je ne supporte plus ce malaise entre nous. Quand je monte les escaliers, j'entends du bruit. Je rejoins sa chambre, le cœur sur le point d'imploser, et ce que je découvre m'achève. Des sacs sont posés sur son lit, ouverts, et il est en train de vider sa chambre. Je vais vomir.

Lorsqu'il remarque ma présence, il s'interrompt, choqué.

— Charlie ? T'étais censée être chez Zoé.

— Je te dérange ?

Il passe la main dans ses cheveux, preuve d'une certaine nervosité.

— J'aurais préféré que tu ne voies pas tout ça…

— C'est quoi justement, *tout ça* ? Tu pars ?

— Charlie…

— Tu vas où ?

Il continue de ranger ses affaires comme s'il n'était pas en train de tailler mon monde en mille morceaux.

— Je déménage…

— Mais pourquoi ?

Maintenant, il me tourne le dos pour prendre un autre sac.

— Aie au moins la décence de me regarder, s'il te plaît.

— C'est pour ça que je ne voulais pas que tu sois là.

— Je ne te pensais pas si lâche.

— Je n'ai pas besoin de drame.

— Putain, mais parle-moi ! Explique-moi !

— J'ai accepté le poste que Samia m'a proposé à Paris.

Je suis obligée de m'appuyer sur sa commode pour ne pas tomber.

— Et tu allais partir sans me le dire ?

Mes mots sont comme des sanglots.

— Je sais au fond de moi que j'ai pris la meilleure décision… et je ne veux pas te laisser la possibilité de me faire changer d'avis.

— Mais bien sûr que je vais essayer.

— Charlie… s'il te plaît. Ne fais pas ça…

Je m'approche de lui et il recule. Je m'agrippe alors à son bras. Je tremble.

— Tu ne peux pas me quitter. Tu ne peux pas… pas de cette façon.

— Il n'y aura jamais de bonne façon.

— Reste…

Il se détache de moi et plie ses tee-shirts sans me regarder. Je les lui arrache des mains.

— Arrête, Charlie… Calme-toi…

Je hurle. Je suis en pleine crise d'angoisse. Je n'arrive plus à reprendre mon souffle. Il me couvre de ses bras.

Il me parle. Me berce.

M'apaise.

— Ne m'abandonne pas… je t'en supplie… je ne pourrai pas exister dans un monde où tu n'es plus là.

— Charlie, j'ai réalisé que j'ai une vie à vivre, moi aussi, et que mon monde ne se résume pas à toi… même si tu en es sans aucun doute la partie que j'aime le plus.

Je m'accroche à lui. Je ne veux pas qu'il me quitte.

— Tu es ma plus belle relation… Mais, ces temps-ci, elle m'a fait plus de mal que de bien… et je suis incapable de continuer de cette façon.

Je m'écarte assez pour pouvoir l'embrasser.

— Arrête…

Je ne l'écoute pas, je m'acharne.

— Putain, arrête ! Arrête de te servir de ça pour m'atteindre !

Son regard est dur et il me tient fermement les poignets.

— C'est ce que je veux.

— Ton souci, c'est que tu ne veux pas les choses pour les bonnes raisons. Et la peur de me perdre n'en est définitivement pas une.

— Sacha, s'il te plaît, ne m'abandonne pas…

— Stop ! C'est fini, Charlie…

— Mais on va se revoir ? Même si tu décides d'aller à Paris, on se reverra forcément !

— Je ne pense pas.

— Tu vas rayer tout ce qu'on a vécu sur un coup de tête ?

— Mais putain, Charlie, tu n'as même pas été capable de voir comment j'en ai chié depuis deux ans !

— Quoi ?

— Voilà, c'est ça le problème… C'est toi… toujours toi. Mais merde, ouvre les yeux ! Regarde autour de toi ! Il y a des gens qui gravitent.

— Tu vas vraiment tout foutre en l'air pour une hésitation ? Un geste maladroit ?

— Tu n'as besoin de personne pour tout foutre en l'air, Charlie. Et tu sais très bien que c'est plus qu'un geste. Tu dégoulines de remords.

— J'ai peur !

Il ricane :

— Même pas peur, hein ? À quel moment tu es devenue une trouillarde ?

— J'ai besoin de temps !

— Je t'ai laissé du temps. Tu as juste peur que je ne sois plus là, à ta disposition. Tu ne m'aimes pas pour moi, mais pour toi.

— Tu n'as pas le droit de dire ça…

— Oh si, j'en ai le droit, Charlie. C'est fini. J'arrête les frais. Ben viendra récupérer le reste de mes affaires.

Il me pousse avant de prendre deux sacs et de franchir le seuil.

— Sacha… ne pars pas.

Ces mots ne peuvent pas m'appartenir. Ils me font trop mal.

— Sacha…

Cette fois, c'est un sanglot qui s'échappe de moi… un gémissement. Je suis dévastée. Tout ce en quoi je crois est en train de voler en éclat. On m'arrache une partie de moi et c'est insupportable.

Je pleure de plus en plus fort.

Il ne reste que mes cris dans cet appartement qui me renvoient l'écho de ce que j'ai perdu.

Il est parti. J'ai mal partout. Une douleur si profonde que je ne pensais pas que ça puisse être possible.

J'ai envie de vomir.

Je cours aux toilettes et me vide de toute cette souffrance qui me déchire de l'intérieur.

♫♫♫

Papa vient de me récupérer à la gare. Je pleure sans arrêt. Il est inquiet. J'ai juste réussi à lui dire entre deux sanglots que Sacha m'avait quittée. Je ne parviens toujours pas à réaliser. Comment a-t-il pu nous faire ça ? Comment ai-je pu être aveugle à ce point ?

On est à peine arrivés devant la maison que je me précipite à côté. Je frappe, fort. C'est Yves qui m'ouvre :

— Charlie ? Un problème ?

— Juliette est là ?

— Dans son atelier.

Je me précipite.

— Juliette ?

J'entre sans attendre sa réponse ; elle se retourne vers moi, surprise.

— Charlie ?

— Tu sais où il est ?

Je ne parle pas, je gémis. Je ne me reconnais plus.

— Où est qui, Charlie ?

— Sacha…

— Il a disparu ?

Elle se lève et avance dans ma direction, paniquée. Je pleure toujours.

— Charlie ? Sois plus précise. Il est parti à quelle heure de ton expo ?

— Je l'ai revu à l'appartement. Il a fait ses valises, Juliette…

— Viens avec moi. Je vais nous préparer un thé et tu me raconteras.

Je la suis. Mon père discute avec Yves dans le salon, mais ils s'éloignent peu de temps après notre arrivée.

Je suis là, assise sur un fauteuil… avec cette boule au fond de la gorge qui ne veut pas disparaître.

— Il t'a dit pourquoi il faisait ses valises ?

— Il a accepté un travail à Paris.

— Paris ?

— Il ne t'en a pas parlé ?

— Si, quelques mots, mais ce n'était pas d'actualité. Il s'est passé quelque chose pour qu'il prenne cette décision ?

Je cache mon visage entre mes mains. Les doigts de Juliette caressent doucement les miens.

— Charlie… ce ne doit pas être si grave.

— Si… J'ai été trop loin… Je n'ai pas réussi à le choisir et maintenant il est parti…

— Le choisir ?

— J'avais tellement peur de tout gâcher qu'au final, c'est ce que j'ai fait. Je ne suis pas capable de vivre sans lui…

— Qui te parle de vivre sans lui ?

— C'est fini. Je l'ai perdu.

— Je l'ai déjà expliqué un jour à Sacha : on ne peut pas perdre quelqu'un.

Même Juliette ne comprend pas ce qui nous lie.

— Je ne vais pas y arriver.

— Mais si… tu y arriveras… Sois patiente. Tu sais ce qui est le plus douloureux dans un chagrin d'amour ?

Je secoue la tête en essuyant mes larmes.

— C'est de ne plus se souvenir ce qu'on ressentait en aimant. Garde ce sentiment en toi, ma chérie, parce que si tu laisses ça s'en aller… tu le perds à jamais.

♫♫♫

Je reste assise sur la tombe de M. Pouillet. Les pleurs ont laissé place à la consternation. Ça va faire maintenant une semaine qu'il m'a abandonnée.

— Zoé ne me lâche pas… sauf quand je viens vous voir. Elle me dit qu'elle est revenue ici pour profiter de ses parents, mais je vois bien qu'elle s'inquiète. Tout le monde s'inquiète. Je suis perdue. Je n'arrête pas de réfléchir à la façon de réparer tout ça. Il doit forcément y avoir une solution. Il y a toujours une solution. J'ai eu Ben au téléphone. Je sais qu'il part à Paris dans quelques jours. En attendant, il règle les derniers détails du déménagement. Et moi, je suis ici… J'ai besoin de prendre un peu de recul. Je ne peux plus me présenter devant lui comme une hystérique. Je dois réussir à trouver les bons mots.

Dans mes écouteurs, les Coasters me permettent de voyager et je m'allonge sur le ciment réchauffé par le soleil.

♫♫♫

— Charlie ?

Je sens une main sur moi. Je prie de toutes mes forces pour que ce soit lui.

— Charlie, qu'est-ce que tu fais couchée sur cette tombe ? Relève-toi.

Cette voix n'est pas celle, si douce, de Sacha.

Sullivan. Qu'est-ce qu'il fout là ?

— Je ne t'ai donc rien appris ?

Il me soulève et me prend dans ses bras. Je ne pleure même pas. Je ne suis plus qu'une loque.

— Charlie… reviens à moi.

Il semble inquiet. Sullivan inquiet ? Ce n'est pas la réalité. Ça ne peut pas être la réalité.

— Charlie, murmure-t-il en me caressant la joue. J'ai acheté la fameuse galerie à Dublin. Tout est officiel. Je pars dans quelques semaines.

Lui aussi, il m'abandonne ?

— Viens avec moi. Tous tes tableaux ont été vendus, sauf celui qui n'était pas à vendre. Tu as du talent. Ne le gâche pas… Combien de fois je t'ai répété de ne pas trop attendre des êtres humains ? Ils finissent forcément par nous décevoir. Mais non, tu ne m'écoutes jamais… tu préfères en faire qu'à ta tête.

— Tu me tutoies ?

Il soupire, soulagé.

— Vous êtes revenue parmi les vivants, mademoiselle Lecœur ?

DE NOS JOURS...

Charlie, 30 ans

On est sur la falaise. Le seul bruit qu'on entend, c'est le vent.

On ne dit rien.

On est au même endroit que la dernière fois… devant cette étendue d'eau à perte de vue.

Ça faisait deux jours que je laissais ma fenêtre ouverte. Deux jours que je tentais de le ramener à moi.

Deux jours que je lui proposais de venir ici.

Deux jours que je n'osais pas bouger de peur de le louper.

Deux jours que je peignais son visage sans relâche.

J'ai cru que je rêvais quand, ce matin, j'ai toqué à la porte-fenêtre qui était pourtant ouverte. Il était au milieu de sa chambre, les mains dans les poches, et il semblait gêné.

— *J'aimerais aller à la falaise.*

L'angoisse se devinait dans ses yeux.

— *Bien sûr. Maintenant ?*

— *Si c'est possible pour toi…*

S'il avait su !

Tout est possible pour moi.

— Je n'arrive pas à lui dire au revoir.

— Ne le lui dis pas…

— On n'est pas censé faire son deuil, à un moment ?

— Tu sais, quand tu es parti et que j'étais au bout de ma vie… Juliette m'a appris qu'il fallait toujours garder en soi les sentiments qu'on éprouve pour quelqu'un… que, si on les laisse s'en aller, alors on perd la personne à tout jamais. Ça doit être la même chose pour ceux qui sont morts.

— J'ai besoin qu'elle revienne, Charlie.

La douleur tombe comme un voile sur son visage et ça me déchire le cœur. Je passe un doigt sous son menton pour le forcer à me regarder. Il a les larmes aux yeux.

— Je sais…

— Je vais rester là quelques jours. Tu n'es pas obligée, toi…

— Je ne le fais pas parce que j'y suis obligée, Sacha…

— Je… je ne peux pas te garantir qu'entre nous…

— Je serai patiente.

— Pourquoi tu n'es pas venue ?

— Comment ça ?

— À Paris…

Je mets du temps à réaliser où il veut en venir.

— Mais… je suis venue. Une semaine après ton déménagement. J'avais enfin réussi à prendre du recul et je voulais te dire que j'étais prête… Puis je t'ai vu avec elle… tu souriais. Tu l'embrassais. J'ai fait le mauvais choix… je suis repartie.

— On dirait le scénario d'un navet à la télé.

— C'est un peu ça.

— Pourquoi tu es repartie ?

— J'avais tes phrases qui tournaient en boucle : que je ne pensais qu'à moi, que je te faisais plus de mal que de bien…

— Tu ne t'es jamais battue pour nous, en fait.

— Je suis en train, là.

♫♫♫

Il fait nuit depuis quelques heures et je suis assise sur mon lit. Sacha avait besoin de se retrouver seul, je suis rentrée. J'écoute le calme qui règne dans ma chambre en laissant mes pensées vagabonder sur le papier. Je dessine, mais je ne trouve pas le sommeil. Impossible de reproduire le portrait que j'ai en tête, il y a toujours quelque chose qui ne va pas. La sonnerie de mon téléphone me permet de sortir de mon acharnement. Zoé. Je décroche, paniquée.

— Un souci ?

— Non.

— Il est une heure du matin, Zoé…

— Je sais, je suis désolée. Milan a des nuits agitées ces derniers temps. Là, je le regarde enfin dormir et j'ai pensé à toi. J'ai eu envie d'entendre ta voix.

— Il va bien ?

— Oui, juste quelques cauchemars.

— Le pauvre…

— T'es toujours là-bas ?

— Oui…

— Et tu comptes y rester longtemps ?

— Je ne sais pas encore.

— Comment ça se passe avec Sacha ?

— Lentement.

— J'ai peur que tu rechutes, Charlie.

— Je ne peux pas rechuter, je ne me suis jamais vraiment relevée.

— Tu me manques. Tu feras un crochet par Bordeaux avant de repartir chez ton psychopathe de peintre ?

Je souris à cette pensée.

— Oui. Promis. Tu me manques aussi.

Des bruits sourds résonnent sur le balcon. Je me tourne et *le* découvre.

— Merde !

Il se heurte au volet. La lueur du lampadaire éclaire son corps voûté. Il se déplace lentement, trébuche.

— Ma Zoé, je te rappelle vite. Des bisous à ta tribu.

Je m'approche, Un effluve de whisky me parvient. Il a trop bu.

— Laisse-moi t'aider…

Je remarque du sang sur son poing. Il y a des entailles sur sa peau. Je me fige.

— Tu es blessé ?

Il se crispe, recule.

— C'est rien…

— C'est ça… Arrête ton cinéma et laisse-moi t'aider.

Je ne sais pas si cette fois il va me faire confiance, mais je retente le coup. Il finit par capituler.

— Viens !

Je le guide vers mon lit et l'oblige à s'asseoir.

— Reste là. Je reviens.

Je me dépêche d'aller chercher de quoi désinfecter ses plaies. Je ne suis pas une spécialiste de ce genre de trucs, mais je pense être capable de faire le minimum.

Quand je reviens vers lui, ses doigts abîmés cachent son visage.

— Montre-moi.

Je pose ma paume sur sa main pour lui faire comprendre que je suis là. Je m'agenouille devant lui ; son regard perçant me submerge.

— Je vais nettoyer ça.

J'essaie de procéder le plus doucement possible. Ses blessures n'ont pas l'air très profondes.

— Tu t'es battu ?

— Contre un mur…

— J'espère qu'il n'a rien.

— Quelques égratignures.

— Ça va, alors.

Je tente de rester concentrée sur mes gestes, de refouler mon émotion.

— Voilà, c'est fini.

— Merci…

Sa voix exprime le regret.

— Tu veux m'expliquer ce qui s'est passé ?

— Disons que je continue dans les mauvais scénarios de films. Je suis allé boire pour oublier au *Tibidabo*… J'ai bu… La serveuse m'a dragué… Je me suis laissé draguer.

Je grimace.

— Je l'ai emmenée plus loin sur la plage et je n'ai pas pu. Alors je suis parti et j'ai cogné un mur à défaut de fracasser autre chose.

— Sage décision.

Ses yeux sont encore sur moi. Sur mon visage. Mes lèvres.

J'aimerais savoir ce qu'il pense. J'aimerais qu'il ne souffre plus. J'aimerais qu'il me laisse être de nouveau à lui.

Mon cou. Mes bras. Mon poignet.

Il tend alors la main pour caresser délicatement, du bout de l'index, les paroles de *One*. Ce simple contact me fait frémir. J'ai envie de sentir ses lèvres contre moi. J'ai envie que mes mains parcourent chaque ligne de son corps. Toutes ces images sont en train de m'assaillir et commencent à me faire perdre pied… J'en fais tomber la bouteille de désinfectant. Pendant que je le ramasse, ses doigts passent de mon bras à ma nuque… et son pouce suit tout doucement les lettres que j'ai ancrées en moi depuis tout ce temps.

Ne t'emballe pas, Charlie. Respire. Détends-toi !

Je tente de me focaliser sur l'atmosphère paisible de ma chambre plutôt que sur le rythme déchaîné de mon cœur.

— Il est nouveau ?

— Pas vraiment…

— Depuis quand ?

— Depuis que tu es parti…

Les paroles de *One* ne me suffisaient pas, j'avais besoin de plus. Je suis donc retournée me faire tatouer quelques semaines après son départ. *Te respirer* est apparu comme une évidence.

— Je peux dormir ici ?

Ses doigts jouent toujours sur ma nuque, sur ces lettres, sur l'envolée d'oiseaux qui remontent à la base de mon crâne. Des frissons s'étendent de mon cou jusqu'au creux de mes reins et j'ai du mal à articuler ma réponse.

— Heu… bien sûr.

— Je n'ai pas envie d'être seul.

Il enlève ses chaussures et s'allonge sur ma couette. Je n'ose plus bouger.

Charlie

Je suis dans notre Cité en train de dessiner. Je repense à la nuit dernière. À la façon dont il m'a fait une place dans ses bras. À cette sensation qui m'a envahie lorsque je m'y suis glissée. À cet espoir que je n'ai pu empêcher de naître. À ce sentiment que plus rien n'existait. Au vide quand j'ai découvert mon lit déserté.

Depuis, aucune nouvelle.

Mon portable sonne. C'est encore Sullivan. Cette fois, je me décide à répondre.

— Oui ?

— Mademoiselle Lecœur, ça fait dix jours que j'essaie de vous joindre, alors vous savez où vous pouvez vous glisser votre : oui ?

— Je ne vous connaissais pas aussi poète…

— Je suis un peu à cran.

— Je vois ça.

— Quand rentrez-vous ?

— Je ne sais pas.

— Mauvaise réponse.

— C'est pourtant la seule que je puisse vous donner.

— Vous n'avez pas fini votre série de portraits.

— Je suis au courant.

— Mauvaise réponse.

— Même à des centaines de kilomètres, vous arrivez à me mettre sur les nerfs.

— Enfin une bonne nouvelle.

Je me contente de souffler dans le téléphone.

— Vous avez besoin que je vous envoie un billet d'avion ? reprend-il.

— Non.

— Vous avez besoin que je vienne vous chercher ?

— Surtout pas !

— Vous ne pouvez pas partir comme ça, vous le savez.

— Vous êtes agaçant.

— Je sais.

Je ris à sa perpétuelle arrogance.

— Je vous laisse une semaine : pas un jour de plus.

Il raccroche. Je n'ai pas eu le temps de répliquer que je ne lui devais rien. Je ne peux m'empêcher de sourire, malgré tout. Je crois que j'ai un don pour vivre des relations que personne ne comprend. Celle avec Sullivan en fait partie.

Il a besoin de moi comme j'ai besoin de lui.

♫♫♫

J'ai du mal à trouver le sommeil… comme souvent, ces derniers jours. Je suis passée le voir en rentrant de la Cité, mais il n'était pas là. Je me fige lorsque j'entends du bruit… *lui.*

Il ne dit rien en avançant dans ma chambre. Même si je suis couchée, dos à la fenêtre, je devine le moindre de ses mouvements.

N'hésite pas, Sacha…

Je tente de rester calme alors que le matelas s'affaisse et que son corps s'allonge à côté du mien. Je me demande ce qu'il veut… puis je me souviens que ce n'est pas si important. Il demeure un instant dans cette position, sans me toucher. J'ai l'impression que depuis hier, il essaie de se réapproprier nos moments… petit à petit. Si je m'écoutais, je me retournerais tout doucement, je franchirais cet espace qu'il laisse entre nous et je n'aurais de cesse de le respirer.

J'attends de longues minutes : il ne bouge pas. Je me décide à prendre les devants et à suivre mes envies. En pivotant, je plonge mon visage entre son épaule et son torse et je reste comme ça jusqu'à ce qu'il passe enfin un bras autour de ma taille.

— Je ne suis pas sûr de savoir pourquoi je suis venu ici.

Sa voix rauque me surprend et ma bouche devient toute sèche. Je dois déglutir plusieurs fois avant de pouvoir répondre.

— On n'est pas obligés d'avoir une raison.

Ma main glisse sur le col de son tee-shirt.

— Bonne ou mauvaise, il y a toujours une raison.

— Alors, dis-toi que ça n'a pas d'importance.

— Entre nous, ça en a forcément…

— Laisse ton cœur avoir le dernier mot.

J'ai à peine fini ma phrase qu'il se tourne enfin vers moi ; sa main effleure ma joue. Je me fige, mon corps entier bat la chamade.

— Ce n'est jamais le cœur qui parle dans ces moments-là, Charlie.

Il pose une main sur ma cuisse. Je tremble si fort qu'il le remarque. Il hésite à m'embrasser. Ou alors c'est moi qui en ai tellement envie que je me fais encore un film.

— Si tu voyais le bordel dans ma tête…

— Je n'ai jamais trop aimé l'ordre, de toute façon.

Sa jambe se fraie un chemin entre les miennes et mon tee-shirt qui m'arrive d'habitude à mi-cuisse remonte dangereusement. Je m'agrippe à ses bras comme si ma vie en dépendait. Sa main s'aventure sur ma hanche en passant sous le tissu. Elle continue le long de mon corps pendant que sa bouche vient se poser dans mon cou.

Mon cerveau est tellement submergé qu'il est sur le point d'exploser. Sa bouche est chaude et ses lèvres fermes. Je crois qu'on ne peut pas se lasser de ce genre de sensation. Il commence par m'embrasser doucement, faisant jouer sa langue sur ma peau. Littéralement à bout de souffle, je me demande comment ça se fait que je sois déjà dans cet état après un seul baiser. À mon tour, je l'attrape par les cheveux pour garder sa bouche contre moi.

— Charlie…

Il couvre ma clavicule de baisers. Ses mains me parcourent, s'amusent avec chacune de mes courbes jusqu'à atteindre ma poitrine. Il la masse légèrement et mon corps commence à vibrer sous son emprise. Il détache brusquement sa bouche de la mienne et parle d'une voix sourde et haletante :

— Tu n'as pas changé, Charlie, tu vas encore réussir à faire de moi ce que tu veux…

— C'est toi qui es parti.

Il se redresse, les deux coudes autour de mon visage. Ses mains sortent de mon tee-shirt et viennent encadrer mes joues.

— Je n'avais pas le choix. Tu ne me laissais pas le choix.

— Je t'aurais tout donné.

— Non ! Moi, je t'aurais tout donné. Toi, tu le faisais juste parce que tu avais peur de me perdre. Ça n'a rien à voir.

— Et je t'ai perdu.

— Et ça fait mal ?

— D'après toi ?

— Tu veux quoi ?

— Toi.

— Tu dis ça dix ans trop tard, Charlie !

Il se relève et je réalise que je viens sûrement de gâcher ce moment. Je lui prends la main.

— Pourquoi ? Regarde-moi dans les yeux et dis-moi que tu ne ressens plus rien. Sois honnête.

— Je ne peux rien te promettre.

— Ce n'est pas ce que je te demande.

Cette fois, ma main ne peut plus le rattraper et il s'appuie contre le mur juste à côté de la fenêtre.

— Je ne peux pas te répondre.

Je me lève à mon tour.

— Tu ne peux pas me répondre parce que la réponse t'emmerde, Sacha. Tu le ressens toi aussi, ce lien. Merde ! Tu ne peux pas faire comme s'il n'existait pas. C'est pour ça que tu me rejoins dans ma chambre depuis deux jours.

— Je n'ai pas eu l'impression que ça te dérangeait.

— Je n'ai jamais dit ça… au contraire… je te veux… tout le temps… sans répit.

— Je pensais t'avoir rayé de ma vie, il y a dix ans, Charlie. C'est toi qui avais peur de tout… C'est toi qui m'as détruit. Et aujourd'hui, tu me balances tes phrases toutes faites ?

Le pire, c'est qu'il a raison. C'est qu'il peut passer cette porte et ne plus jamais revenir.

Il franchit la porte-fenêtre et je cherche, désespérée, un moyen pour le retenir. Arrivé sur le balcon, il s'arrête quelques instants.

Change d'avis, Sacha…

Reviens-moi…

Je me force à ne pas hurler quand il fait volte-face.

— Tu vas me rendre dingue.

En un clin d'œil, il est sur moi… Son corps contre le mien. Ses mains entourant mon visage.

Ses lèvres sur les miennes… un baiser violent, brutal… comme pour me prouver quelque chose. Je soupire contre sa bouche et je l'entends gémir à son tour. Une de ses mains pétrit ma cuisse, puis se faufile sur ma fesse. J'ai du mal à tenir debout. Mes doigts glissent de sa nuque à ses cheveux que je tire brusquement. Les siens parcourent mon dos, sous mon tee-shirt. C'est comme si un combat était en train de se jouer.

Aucune douceur. Aucune délicatesse.

Ça n'a jamais été comme ça entre nous.

Ses doigts se déploient de nouveau pour s'enfoncer dans mes hanches et il en profite pour aspirer ma lèvre inférieure. Il soulève alors mes jambes et les place autour de sa taille avant de prendre mes fesses dans le creux de ses mains. Je ne m'attendais pas du tout à ça il y a quelques minutes, mais cette étreinte est le parfait reflet de nos sentiments du moment. Il continue d'assaillir ma bouche de ses délicieux baisers pendant que nos corps s'imbriquent à la perfection. Il me pousse doucement. Je ne sais pas vers où, mais je m'en fiche.

Le paradis, sûrement ? Ou l'enfer ?

Si je pouvais, je presserais mes lèvres contre les siennes encore plus fort. J'ai envie de lui plus que jamais. Mon cœur bat à toute vitesse, je défaille… jusqu'à ce qu'il me pose sur ma commode, sans cesser de m'embrasser. Sa bouche explore chaque centimètre de la mienne pendant que ses doigts vont et viennent le long de ma colonne vertébrale. Il resserre son étreinte et je plante mes doigts dans son dos, m'agrippant à lui pour ne pas qu'il m'abandonne encore. Il retire violemment mon haut avant de passer son tee-shirt au-dessus de sa tête. J'en profite pour glisser la main sur le tissu de son jeans et appuie mon pouce sur son érection. Il me fixe alors de manière impudique et des picotements se répandent doucement en moi.

— Il y en a eu d'autres, Charlie ?

— D'autres quoi ?

— Hommes ?

— Non…

Il revient vite sur ma bouche tandis que ses doigts se faufilent sous mon boxer. Sa caresse se fait plus précise sur l'intérieur de ma cuisse, et je m'accroche au rebord du meuble, m'efforçant de garder l'équilibre.

— Je t'ai dit que tu me rendais dingue ?

Je me concentre sur sa chaleur… son parfum… son souffle entrecoupé, comme le mien… la façon qu'il a de me toucher… de me goûter.

Une de ses mains passe de mon dos à mes fesses pour me presser tout contre lui ; il veut que je sente à quel point il me désire. Je défais son jean ; Sacha pousse un grognement puissant qui me donne le courage de continuer. Nos mains font alors voler le reste des vêtements qui nous séparent et on se retrouve enfin peau contre peau.

— J'ai tellement envie de toi… J'ai peur d'aller trop vite.

J'entends le bruit du préservatif qu'il enfile et une exigence intense déferle en moi. Je gémis dans son cou quand il me pénètre brutalement. Il me comble, d'un coup.

Ce lien entre nous est bien là, malgré ce que Sacha pense.

Il est exactement à sa place… en moi… même s'il a été bien abîmé depuis dix ans… mais il existe toujours.

Pendant qu'il commence à aller et venir, sa langue parcourt ma gorge, ma clavicule… descend sur ma poitrine. Je le regarde faire, c'est encore plus excitant. Elle trace maintenant un chemin jusqu'à mon téton qu'il aspire avec fougue. Je suis au bord de l'orgasme. Je ne sais plus où je débute et où il finit.

Il y a seulement le plaisir. Ma bouche s'ouvre pour laisser échapper un halètement silencieux, et mes ongles se plantent de nouveau dans son dos.

Ses mouvements sont brusques et rapides. Sa respiration, courte et saccadée.

Je l'observe alors dans le miroir sur le mur derrière lui et ce que je vois me coupe le souffle.

Nu. La peau luisante de sueur. Ses muscles qui se contractent à chaque impulsion.

Sa grâce masculine et sa beauté bouleversante.

Il est magnifique.

Ses yeux se posent sur les miens et ne me quittent plus.

Il m'excite. M'attire. Ralentit. Accélère.

Me caresse pile là où il faut.

Mon plaisir explose et je crie jusqu'à ce que ma voix ne soit plus qu'un gémissement et qu'il jouisse à son tour.

Nous sommes à bout de souffle, incapables de bouger. Mes doigts tracent des lignes à travers son dos… ses bras… je ne veux pas qu'il parte.

Soudain, il se redresse, prend mon visage entre ses mains et m'embrasse en grimaçant.

— Je t'interdis de regretter, Sacha Bourgeois.

Il ferme alors les yeux.

— Ne fais pas ça… ne fais pas comme si ce qui venait de se passer n'avait pas existé.

Il s'écarte, enlève le préservatif et file le jeter pendant que je reste là, les fesses posées sur ma commode.

Il le fait…

Quand il revient, il se penche pour rassembler ses vêtements et les enfiler. En silence. Je tente de ravaler la colère qui est en train de me submerger… en vain. Je me lève et le pousse brutalement.

— Parle-moi, putain ! Ne me laisse pas comme ça… pas après ce moment.

Son regard devient froid, impassible.

— Ce n'est pas toi qui voulais que je me serve de toi pour calmer ma douleur ?

Je secoue la tête et les larmes commencent à couler. Je murmure dans un sanglot :

— Tu te venges ?

L'angoisse se devine dans ses yeux. Un déchirement atroce.

— Je pensais qu'on n'était pas obligés d'avoir une raison.

Il se retourne et je ne peux que le regarder sortir de ma chambre – et emporter avec lui mon cœur pour la seconde fois.

♫

Sacha

J'écoute mon père m'expliquer pourquoi il est temps pour moi de repartir… de reprendre le cours de ma vie. Je ne sais pas comment lui faire comprendre que si je suis encore ici, c'est surtout pour moi… Je ne suis pas prêt. Je me demande d'ailleurs si je peux l'être un jour.

Puis je revois le visage de Charlie et ces images me frappent… comme une sentence, pour accabler mon esprit.

Son regard. Cette tristesse. Ses larmes…

Elle était magnifique… Si belle que ça me faisait mal. Tellement sensuelle… douce… animale… parfaite.

Mais je ne peux pas. Je ne suis plus capable de lui faire confiance.

J'ai la sensation que des aiguilles me transpercent la peau.

— Sacha ?

La voix de mon père me sort de mes pensées.

— Tu sais qu'Olivier va prendre sa retraite ?

— Olivier ? Le patron du *Tibidabo* ?

— Lui-même.

— Ça fait dix ans qu'il le dit… Il ne le lâchera jamais. Il mourra dans son bar.

— C'est ce que je pensais aussi, mais je crois que cette fois, il semblait sérieux.

— La fin du *Tibidabo* ? J'ai du mal à le croire.

— Sinon, je voulais faire du tri dans l'atelier. Tu crois que ça intéresserait Charlie ?

Charlie… C'est comme si ce prénom me brûlait la peau.

— Je ne sais pas…

— Tu préfères que je lui pose la question ?

— Oui.

— Je ne vais pas te demander si tu vas bien… Mais s'il te plaît, Sacha… essaie d'aspirer à ce que Juliette t'a appris durant toutes ces années… Peu importe ce que tu décides de faire… assure-toi juste que cela te rende heureux.

Il se lève avant de sortir et je me retrouve, seul dans cette grande cuisine avec ces paroles en moi.

♫♫♫

J'ai passé la journée à la falaise. À lui parler… À me taire… À pleurer…

À la supplier de revenir…

À lui avouer que Charlie me faisait perdre l'esprit… comme toujours.

Quand je rentre, l'atelier est allumé.

Je m'y dirige comme un automate. Je ne veux pas qu'on y touche. Pas encore. Charlie et papa sont assis sur ses tabourets. Ils rient. Ils n'ont pas le droit.

— Il y a quoi, ici ?

Charlie baisse les yeux devant ma remarque.

— Je t'en ai parlé, ce matin.

— Vous ne perdez pas de temps. Je ne te pensais pas aussi rapace, Charlie.

— Sacha ! crie mon père en se levant. Je t'interdis de lui parler comme ça.

— Je lui parle comme je veux.

— Oh non…

— Tu ne sais rien.

— Je sais beaucoup de choses… et surtout que, te connaissant, tu vas le regretter.

Je fulmine.

— Je… je vais y aller, bafouille Charlie.

J'ai besoin de libérer mon agressivité sur quelqu'un… et ce quelqu'un, c'est Charlie.

— C'est ça… casse-toi !

— Ça suffit, Sacha… Le chagrin n'excuse pas tout.

— Ce n'est rien. Je vais rentrer.

Elle sort de l'atelier sans un mot de plus, suivie de près par papa.

— Tu ne prends pas le bon chemin. La lumière, Sacha… pas l'obscurité.

— Depuis quand t'es devenu bouddhiste ?

Son regard s'emplit de tristesse.

♫♫♫

La Cité. Je m'étais promis de ne plus y retourner, pourtant.

Je suis assis contre le mur.

Le whisky inhibe mes émotions, mais pas les images qui tournent devant moi.

Je tape mon crâne avec mes paumes en essayant de les effacer.

Son regard… Son regard m'obsède.

Je hurle :

— Putain !

Je baisse la tête entre mes genoux en sanglotant. Je demeure un moment comme ça, jusqu'à ce que je sente deux mains me caresser délicatement les épaules. Je sais que c'est elle avant même de me redresser.

Je ne bouge pas. Elle ne dit rien et vient s'asseoir à mes côtés sans rompre le lien. Elle me glisse un écouteur… et *One* commence.

Notre chanson.

Comme par enchantement, la mélodie m'apaise. Je ne bouge toujours pas.

4 mn 40.

— Ça me tue de ne pas pouvoir te prendre ta douleur… de ne pas savoir quoi faire. Parfois, je me surprends à rêver que j'ai encore la faculté de te faire du bien.

Je me relève doucement…

— Tu ne me détestes pas ?

— Tu as entendu ce que je viens de te dire ?

— J'ai juste du mal à y croire.

— Si seulement…

— Si seulement quoi ?

— Si seulement tu pouvais entrer dans ma tête… même quelques secondes… Tu comprendrais. Ce que je ressens…

— Charlie…

— Pourquoi j'ai l'intuition que ce qui va suivre ne va pas me plaire ?

— Tu éprouves quelque chose qui n'est pas réel…

— Comment tu peux dire ça ?

— Tu t'accroches à quelque chose qui n'existe pas vraiment.

Elle étend son bras pour prendre ma main et la pose, là, sur sa poitrine.

— Ce n'est pas réel, ça ?

Son cœur bat fort et de manière irrégulière sous ma paume.

— Ce que je ressens pour toi, ce n'est pas juste ici… c'est partout… ça coule dans mes veines… ça se répand dans ma chair… ça glisse sur ma peau.

— Arrête, Charlie…

— Non, justement, je ne vais pas arrêter. Pas avant que tu comprennes que mes sentiments sont toujours aussi forts… et que je suis là…

— Je vais repartir…

— À Paris ?

— Je vais retrouver Ben.

— Fort de France ?

— Il me harcèle depuis des jours… et j'ai besoin de prendre du recul… sans tous ces détails qui me la rappellent constamment… sans *toi*.

Elle se met à genoux devant moi et ses mains encadrent mon visage avant qu'elle ne dépose tout doucement un baiser sur mes lèvres.

— Je te respire, Sacha Bourgeois. Et c'est tout ce qu'il y a de plus réel.

Je m'écarte. Je ne veux pas… mais je suis obligé.

Ses mots flottent dans la Cité pendant que je m'éloigne.

Ce regard…

Ce regard m'obsède toujours…

SEPT MOIS PLUS TARD…

Charlie

J'éprouve une agréable sensation de fierté en observant la devanture et en réalisant qu'elle est exactement comme je me l'étais imaginée. « *Coasters* » en gros caractères, à la place de *Tibidabo*. Je me souviens parfaitement de l'instant où j'ai pris ma décision. Papa était venu à Dublin pour la fameuse exposition « portraits » que j'avais proposée à Sullivan il y a une paire d'années et qui allait enfin se concrétiser. Il m'avait appris, alors qu'on était en train de la mettre en place, que Olivier avait enfin mis son bar en vente… et ça a été comme une révélation. Je suis restée figée au milieu de la galerie. Sullivan a paniqué.

— *Charlie ?*

Cette sale habitude de m'appeler par mon prénom quand il flippe.

— *Charlie, qu'est-ce qui se passe ?*

Je riais en même temps que je pleurais.

— *Vous avez pris une substance illicite ?*

Il n'y a que lui pour s'exprimer de cette façon. Mais peut-être qu'il avait raison, au final. Ma substance, c'était ce soulagement qui était en train de se répandre en moi. Cette certitude qui me manquait depuis des mois…

Des mois que Sacha m'avait laissée dans cette Cité. Des mois sans aucune nouvelle, excepté par Yves que j'appelais régulièrement. Des mois que je m'étais résignée sans abandonner, en cherchant une solution qui ne venait pas…

Respirer Sacha a été comme une évidence… En fait, c'est comme s'il n'avait pas de sexe. Il aurait pu être une femme, j'aurais ressenti la même chose. Le seul homme qui m'ait fait perdre la tête. Depuis que j'ai emménagé dans la rue Matisse. On ne peut pas expliquer ce genre de choses. C'est en nous, c'est tout. Parfois il me manquait tellement que ça en devenait insupportable : je passais ma journée au lit, incapable d'en sortir. Mais la plupart du temps, j'arrivais à respirer. Sullivan y veillait.

Je ne regrette plus mes choix. J'ai appris à vivre avec. Ils ont fait la personne que je suis devenue.

Celle qui est ici, maintenant.

Je rentre pour m'occuper des derniers détails. Le local encore un peu en chantier. Des fauteuils sont sous plastique… c'est le même endroit, sans vraiment l'être. Ça fait plus de cinq mois que je suis sur ce projet. Zoé m'a pas mal aidée… surtout pour la décoration. Elle adore ça. Elle venait dès qu'elle pouvait laisser Milan quelques jours. Elle m'a permis de ne pas craquer. Elle croit en moi, en ce que j'essaie de construire… comme mon père… Yves… et Sullivan. Il a encore été là… comme toujours… après avoir bien sûr hurlé qu'il était hors de question que je le laisse, que je faisais une bêtise monumentale, que je ne devais pas accomplir le rêve d'un autre. Puis il s'est résigné en me faisant promettre de ne jamais abandonner la peinture. Il me loue son atelier pour presque rien, ce qui m'a donné les moyens de pouvoir prendre un crédit et de me retrouver aujourd'hui dans ce bar que j'ai imaginé pour lui… pour nous.

La porte grince et je déglutis lorsque je *l*'aperçois… Il est magnifique. En fait, je l'ai toujours trouvé magnifique, même quand je ne le savais pas encore. Il s'approprie les lieux du regard. Puis ses yeux se posent enfin sur moi. Comme s'il cherchait un indice sur mes intentions. Je mets un peu de temps avant de retrouver mes esprits et d'avancer doucement vers lui, en silence. Il semble fatigué.

— Charlie… c'est …

— … pour nous.

Son regard se fait plus tendre, mais contraste avec sa respiration irrégulière.

— J'ai besoin de m'asseoir, m'avoue-t-il.

Il se décale et se laisse tomber sur le canapé Chesterfield, juste à côté de l'entrée. Je me décide à franchir le petit espace qui nous sépare encore et mes jambes frôlent ses genoux. Je suis maintenant à quelques centimètres de lui. Je sens sa main sur la mienne. Je tressaille. Il doit le comprendre, car il s'empare de mes doigts et les serre. Une vague de chaleur envahit mon corps. Je tends le bras pour effleurer son visage.

Son visage m'a tellement manqué.

Pendant que j'imprime en moi chaque trait, ses doigts viennent se caler sur mes hanches et ça me fait sourire. Son front se pose sur mon ventre, il me serre tout contre lui.

— Quand j'ai reçu ta photo, j'ai eu du mal à y croire…

Sa voix m'a tellement manqué.

Je lui caresse ses cheveux et j'essaie d'inspirer le plus calmement possible. La voix de Bono m'y aide. Le parfum de Sacha aussi. J'enjambe ses genoux.

Son corps m'a tellement manqué.

Nous sommes maintenant nez à nez et mes mains sont revenues sur son visage.

— Je t'avais dit que c'était tout ce qu'il y avait de plus réel.

— Comment tu as fait ?

Nos lèvres se cherchent. Je perçois son souffle contre moi.

Ses lèvres m'ont tellement manqué.

Je sens ses mains qui glissent dans mon dos, sous ma chemise, et tout mon corps réagit à cette caresse.

— Alors je ne veux pas que tu t'imagines que je ne veux pas te raconter, mais j'ai vraiment, vraiment envie de t'embrasser. Maintenant.

Il sourit.

Son sourire m'a tellement manqué.

Il me donne le courage de continuer, de combler l'espace entre nos deux bouches. Tout le reste s'efface. Juste nous… nous, contre le reste du monde.

Je ne pense plus à ces années de manque. Je ne pense plus à mes doutes… aux siens… au mal qu'on a pu se faire. Juste à ses lèvres contre les miennes.

Ses mains poursuivent leur exploration et passent de mon dos à ma taille.

J'embrasse Sacha Bourgeois et c'est une chose dont je ne pourrai jamais me lasser.

C'est trop. C'est pas assez.

C'est parfait.

— Tu ne pouvais pas me quitter une deuxième fois… Je t'avais dit que je ne te laisserais pas faire et que je me battrais pour nous.

— J'ai cru que j'y arriverais, m'avoue-t-il de sa voix éraillée pendant qu'il continue à m'embrasser. Je me suis surestimé. Je n'aime pas la vie sans toi.

Son parfum enivrant m'enveloppe autant que ses mots.

— Je le savais déjà, la première fois.

Sa langue retrouve la mienne et je le respire jusqu'à ne plus avoir de souffle.

♫

Sacha

Je suis assis sur le lit et je la regarde dormir… comme presque chaque matin depuis que je suis revenu vers elle, il y a un mois. Je lui caresse les cheveux et je l'entends grogner :

— Pas encore… j'ai besoin d'une heure ou deux… ou trente-six.

Elle râle… comme toujours quand elle manque de sommeil.

— Charlie, je dois aller au bar, Ben va m'attendre. Tu m'y rejoins, alors ?

Une esquisse de sourire détend ses lèvres.

— Garnier ? Si ce n'est que lui, il peut attendre.

Elle m'attrape par le col de mon tee-shirt et me tire vers elle alors que Edge saute sur le lit en aboyant. Bono nous a quittés il y a au moins cinq ans et on n'en a jamais repris un autre. C'est chose faite avec cette minuscule boule de poils qui nous fait vivre un enfer depuis que Charlie me l'a offerte en même temps que le bar.

Je ne peux m'empêcher de repenser aux derniers mois qui se sont écoulés… quand je l'ai laissée seule dans notre Cité…

Quand j'ai cru que plus jamais je n'arriverais à être de nouveau moi-même. Quand je suis retourné deux mois à Paris. Quand Samia a eu du mal à me reconnaître. Passer son temps à picoler, à trente ans, ce n'est pas comme à vingt. Quand elle a failli me virer… plusieurs fois… mais qu'elle a réalisé que notre relation méritait le délai qu'elle m'a accordé.

Quand je suis parti retrouver Ben sur son île et qu'il m'a poussé au cul, comme il adore le répéter. Quand j'ai essayé de remettre de l'ordre dans ma vie. Quand j'ai reçu sa photo…

avec ces mots : « Et si on respirait ? » Quand mon cœur a recommencé à battre en pensant à elle. Quand je l'ai vue au milieu de ce bar et que j'ai cru rêver en comprenant qu'elle l'avait acheté pour moi… pour *nous*.

♫♫♫

On y est. Le fameux soir.

C'est l'inauguration du *Coasters*… petit bar de plage qui, je l'espère, aura un succès semblable à son prédécesseur. Je ne sais pas ce que ce projet va donner, mais c'est pour nous deux un magnifique défi.

Je suis à ma place, derrière le comptoir et Ben tente de m'aider. Le souci, c'est qu'on ne peut pas dire qu'il ait été gâté par la nature niveau coordination et que le nombre de verres cassés s'en fait ressentir.

— Garnier ! Arrête le massacre ! S'il te plaît, rends-nous service et va t'asseoir !

— Moi aussi, je t'aime, Lecœur !

Charlie n'arrête pas. Elle discute avec tout le monde, sert des coupes, des petits fours, sourit… et adore s'en prendre à Ben. On ne perd jamais les bonnes habitudes.

— Et je sais qu'elle m'aime aussi…

Il m'avoue ça en nettoyant les dégâts et le pire c'est qu'il a raison. Malgré ce qu'elle me répète, elle est aussi heureuse que moi qu'il revienne vivre ici pour nous aider.

— Tu le trouves comment ?

— Qui ?

Ben me montre le type qui se tient juste à côté de Zoé. Stéphane. Elle me l'a présenté ce matin. Charlie m'avait averti qu'il était immense, mais je ne m'attendais pas du tout à ça.

— Grand ?

— Ah quand même ! Elle doit lui arriver au nombril. Ils ne sont absolument pas coordonnés.

— Tu les as pris pour une paire de chaussettes ?

— Si seulement, il pouvait disparaître comme la plupart de mes chaussettes, avalées par la machine à laver.

— Ça va, mec ?

Je pensais qu'il avait réussi à passer à autre chose, mais j'ai comme un vieux doute.

— Oui ! Pardon… les vieilles manies. Puis ça m'a toujours perturbé ces chaussettes qui disparaissent. Pas toi ?

— Je me suis toujours dit qu'elles devaient s'être barrées avec les petites cuillères et les couvercles de Tupperware.

— Genre, ils en ont eu marre... et se sont dit, allez les gars, on se casse, on va se trouver un endroit vachement vieux pour s'épanouir ?

— Exactement !

— C'est beau.

— Vous auriez du jus de pomme ?

Zoé se tient devant nous, Milan dans les bras.

— Bien sûr. Je m'en occupe de suite.

Pendant que je lui dis ça, je tape sur l'épaule de Ben pour le faire émerger. Ça a l'air de fonctionner puisqu'il lui demande :

— C'est ton fils ?

— Non, je l'ai trouvé sur le bord de la route.

— T'as bien fait. Il est pas mal.

Je les surveille pendant que je prépare le verre. On ne sait jamais ce qui va se passer entre eux. Ça a l'air d'aller. Pas de cris. Pas de pleurs… Merci la maturité ?

— Tout va bien ?

Charlie nous rejoint, le regard inquiet.

— C'est bon, Lecœur, détends-toi. Profite. Et promis je ne ferai aucun scandale… j'attendrai demain.

— Ta sollicitude me touche, Garnier.

— Je préfèrerai que ça soit autre chose qui te touche.

— Je ne te dérange pas ?

Il est sérieux de lui balancer ce genre de phrase juste à côté de moi en plus.

— Merde ! J'ai tendance à oublier pour vous deux.

— T'as plutôt intérêt de vite te le carrer dans le crâne si tu ne veux pas que ça dégénère la prochaine fois.

— Heu, les gars… ce n'est pas comme si ça faisait quinze ans que vous me bassinez la face avec vos histoires d'amitiés. Franchement. En fait, vous savez quoi ? J'avais raison depuis le début. Et ouais… Benjamin Garnier avait raison et …

— On ne peut pas résumer ça comme ça, le coupe Charlie.

— Et on peut le résumer comment alors ? Explique-moi. Je le savais. Une amitié homme/femme ne peut pas fonctionner, c'est très simple.

— Et nous ?

— Un mot de toi, Lecœur et tu finis dans mon lit… enfin plus maintenant… vu que tu es avec Sacha, mais on se comprend.

Charlie soupire.

— Je ne veux pas vivre dans un monde où Benjamin Garnier aurait raison.

— Moi non plus, se marre Zoé.

— Moi non plus…

Milan répète nos mots ce qui a le don de tous nous faire rire.

— Au *Coasters* !

Ben lève son verre et on se met tous à trinquer ensemble. Nous quatre… enfin nous quatre et demi… comme avant et ça fait du bien.

♫♫♫

Il fait nuit et nous sommes maintenant au milieu du cimetière. Charlie raconte la soirée à M. Pouillet tout en nettoyant les mauvaises herbes sur sa tombe, comme si c'était normal. Elle porte la robe de maman. Elle est magnifique. Elle est ma plus belle histoire. Elle l'a toujours été. J'aime tout en elle. Son corps. Sa sensibilité. Son talent. Ses taches de rousseur. Sa maladresse. J'aime surtout le fait qu'elle se soit battue, qu'elle ait tenu sa promesse et qu'elle soit enfin là, sans restriction.

— L'inauguration a été un succès. On nous a félicités pour la décoration et on peut remercier Zoé qui a fait un merveilleux travail. Je suis sûre que Pierrot aurait adoré l'endroit. Il y a un jukebox avec leurs chansons. On a mis des photos de la Cité et du groupe qu'ils formaient. On ne pourra jamais l'oublier, comme ça. Il est avec nous. Comme vous… comme Juliette…

Je ferme les yeux et l'écoute tandis qu'elle continue de lui parler. J'aime sa voix. La façon qu'elle a de se casser parfois… ou quand elle retient un sanglot.

— Les Fostin sont venus aussi. Je confirme que les jumeaux sont de vraies terreurs. J'ai adoré les regarder traumatiser Ben. En parlant de Ben, il s'est fait un plaisir de venir nous balancer qu'il avait raison depuis le début sur nous deux. Et je déteste quand il a raison.

Je m'approche et la prends dans les bras, mon visage contre son cou.

Son odeur. L'été.

La meilleure sensation du monde.

Elle fait partie de moi. Elle a toujours fait partie de moi parce que, malgré tout, je n'ai jamais cessé de lui appartenir…

De.

La.

Respirer.

Imprimé en France
FROC021129190819
21937FR00001B/3/P

9 782016 264713